AF467660

AMARILLIS
PASTORALE.

PAR Mr DE ROTROV.

A PARIS,

Chez ANTOINE DE SOMMAVILLE, à l'Escu de France.
ET
AVGVSTIN COVRBE', au Palais; dans la salle des Merciers, à la Palme.

M. DC. LIII.

ADVERTISSEMENT de l'Imprimeur au Lecteur.

IL y a dix-huict ou vingt ans que feu Monsieur de Rotrou ébaucha cette Pastorale, qu'il se proposoit deslors de donner au Theatre; Mais comme ce genre Dramatique n'estoit gueres du temps, il s'aduisa de l'habiller en Comedie, & la fit depuis mettre au iour sous le nom de la Celimene. Depuis la mort de ce celebre Autheur, quelques vns de ses Amis ayans rencontré le premier crayon de sa Pastorale imparfaite, ont creu que c'estoit vn Ouurage qui pourroit plaire au public, pourueu qu'il fust acheué par quelque agreable plume. Vn bel Esprit à leur priere, fit les Stances, les Scenes des Satyres, & quelques autres endroits que vous verrez: Si bien que c'est icy vn Tableau où deux differens Pinceaux ont contribué, & fait vne vnion assez belle, puisque generalement le Peuple, & la Cour, y treuuent beaucoup de diuertissement, & confessent que c'eust esté dommage que cette Pastorale n'eust point esté mise en lumiere. Ce bruit m'a persuadé qu'elle meritoit bien d'estre imprimée, & ie vous l'offre, afin que vostre curiosité soit entierement satisfaite. Adieu.

PERSONNAGES.

LISIMENE.

BELISE. Niece de Lisimene.

TYRENE, Amoureux d'Amarillis.

AMARILLIS, Bergere.

PHILIDAS, Amoureux d'Amarillis.

DAPHNE, Sœur d'Amarillis.

CELIDAN, Amoureux de Daphné.

TROIS SATYRES.

CLIMANTE, Domestique de Daphné.

La Scene est au bord de Lignon.

AMARILLIS

AMARILLIS.
PASTORALE.

ACTE I.
SCENE PREMIERE.

LISIMENE, BELISE.

LISIMENE.

Je commence à vous voir, & vous n'auez qu'à peine
Visité ce grand bois & cette riche pleine,
Vous arriuez, ma Niepce, en cet heureux sejour,
Et vous osez déja me parler du retour?

BELISE.

Ie confesse qu'icy sans hayne & sans enuie
On gouste les plaisirs les plus purs de la vie,
La cabane me plaist bien plus que nos maisons;
Les villes à mes yeux ne sont que des prisons,
Ie hay des Courtisans vne foule insolente,
Icy tout m'entretient, tout me rit, tout m'enchante,
Et de quelque costé que ie tourne mes pas
I'y rencontre toujours quelques nouueaux apas.
Ce lieu comme Lyon est remply de delices.

LISIMENE.

La Cour n'a rien de plus que des soins & des vices,
Celle de Gondebaud où bruslent tant d'Amans
Ne sçauroit égaler nos diuertissemens.

BELISE.

Mais par tout la discorde a suscité la guerre.

LISIMENE.

Le Ciel va redonner la Paix à cette Terre;
Mais quand on en viendroit en cette extremité,
Dans les Palais d'Ysoure on est en seureté,
Nous en sommes voisins, & pouuõs dans vne heure
Choisir vne retraite en leur belle demeure;

Veüillez donc demeurer en ce lieu desormais,
Contemplez tous nos biens, & les goustez en paix;
Mille ieunes beautez parent cette contrée,
On n'y void rien d'égal, Philis, Diane, Astrée,
Amarillis sa sœur, & mille autres encor
Font dans ce doux climat reuoir le siecle d'or.
On y void des Bergers, on y void des Bergeres,
De qui les qualitez ne sont pas ordinaires,
Entr'eux vn ieune Amant ne vous déplaira pas,
Il a beaucoup d'esprit, de graces & d'apas:
Et si vous n'enuiez l'honneur de sa Maitresse
Il est bien mal-aisé qu'vn autre objet vous blesse,
Pourquoy rougissez vous?

BELISE.

Ce deffaut indecent
Paroist sans mon aveu sur ce front innocent;
Ie rougis, quoy qu'on die, & quoy qu'on me propose,
Sans en pouuoir moy-mesme imaginer la cause.

LISIMENE.

Vous la sçauez pourtant; c'est que iusqu'à ce iour,
On ne vous a parlé ny d'Amant, ny d'Amour;
Vous ignorez ces noms, & dans cette innocence,
Le discours que i'en fais vous trouble, & vous offence.

BELISE bas.

Que n'est-il vray Tyrene?

LISIMENE.

Haussez vn peu la voix.

BELISE.

Ie dis qu'il fait beau voir l'épaisseur de ce bois,
Et ces oyseaux diuers dont la douce musique,
Réjouyroit l'esprit le plus melancolique.

LISIMENE.

O Dieux quelle est adroite! il est vray que leurs châts
Rendent Lion jaloux de la beauté des champs.
Aussi mille Amoureux, en cette solitude
Viennent perdre leurs soins, & leur inquietude:
Ces lieux ont chaque iour de nouueaux habitans,
Ils y viennent fâchez, & s'y treuuent contens.
Les cœurs sont enchantez de l'air qu'on y respire,
Chacun y fait l'Amour, peu de monde y soupire.
Ce Dieu de tous ses traits y choisit les meilleurs,
Il est Roy parmy nous, il est Tyran ailleurs.
Mais entre les Amans, qui viennent sur ces riues,
Au doux chants des oyseaux, ioindre leurs voix plaintiues,

Tyrene, vn Caualier de qui les qualitez
Ont du Ciel & du ſort les efforts limitez...

BELISE.

Comment le nommez-vous?

LISIMENE.

Tyrene.

BELISE.

Ah le perfide!

LISIMENE.

Toujours triſte & penſif, & toujours l'œil humide,
Rend tous les cœurs atteints d'amour, & de pitié,
Si le Ciel les a faits capables d'amitié.
La plus grande froideur, cede à ſon eloquence,
Et contre ſes eſcrits vne ame eſt ſans deffence:
I'en liray quelques-vns, eſcoutez;

BELISE.

O malheur!

LISIMENE.

Son viſage à ces mots a changé de couleur.

BELISE.

On m'a pris mes papiers.

LISIMENE lit.

Ie suis comme à la gehenne.

BELISE.

O Dieux!

LISIMENE.

Escoutez donc comme il conte sa peine.

Lettre.

Ie suis comme à la gesne
Absent de vos beaux yeux qui m'embrasent si fort;
Et iusques à la mort,
Ie dois porter ma chesne:
C'est vn Arrest de l'Amour & du sort.

TYRENE

A-t'il bien exprimé la douleur qui le presse?
Et sçait-il bien toucher le cœur d'vne Maitresse?

BELISE.

Si bien, que ce perfide est le seul qui luy plaist,
Et qu'elle l'ayme encor, tout volage qu'il est,
Tous les iours ses escrits luy font verser des larmes,
Et l'ingrat porte ailleurs son amour, & ses charmes.

LISIMENE.

Vous ſcauez donc ſon nom?

BELISE.

Vous le ſçauez auſſi;
Ie n'ay pas le deſſein de cacher mon ſoucy.
Ie vous dois confeſſer le mal qui me poſſede;
Ie ſçay qu'il faut parler pour treuuer du remede.
Et c'eſt l'intention de mon cœur deſolé;
Ie ne me taiſois pas, mes yeux vous ont parlé.
Mon mal a ſur mon front eſcrit ſa violence,
Et l'on ne peut qu'à tort condamner mon ſilence.
Il eſt vray que Tyrene a mon cœur enflammé;
I'ayme, ie le confeſſe, hé qui n'a pas aymé!
Alors que ie voyois mes compagnes atteintes,
Ie blaſmois leurs ſoupirs, & i'accuſois leurs plaintes,
Mais i'ignorois le mal qui m'eſtoit deſtiné,
I'authoriſe à preſent ce que i'ay condamné.
Ie croy qu'on me doit plaindre, & que ſans iniuſtice,
La plus froide ne peut accuſer mon caprice.
Dieux! combien ie perdrois, en perdant ces eſcrits,
Qui vous les a donnez? & qui me les a pris?

LISIMENE.

Moy-mesme en vos habits, quãd vous fustes couchee,
Et c'est où i'ay connu, qu'Amour vous a touchee.
Certes ie fais estat de vostre eslection,
On ne peut condamner vostre inclination.
Tyrene est d'vn esprit, & d'vne humeur aymable,
Et sa condition à la vostre est sortable.
Il merite beaucoup : mais en peu de discours,
Contez-moy de vos feux l'origine, & le cours.

BELISE.

Durant mes plus beaux iours, en sortãt de l'enfance,
Dans l'âge de la ioye, & de l'indifference;
Le sage Armagedon qui me donna le iour,
Sous le sainct nom d'hymen, fit naistre mon Amour:
Et iusques à ce temps i'auois toujours blâmee
La violente ardeur dont ie suis enflammée;
Alors que dans vn iour à mon repos fatal,
Chez mon Oncle à Lyon, ie vids Tyrene au bal.
I'estois si ieune encor qu'on ne me parloit guere :
Ie luy pleus toutefois, sans penser à luy plaire.
Quelques traicts de mes yeux lancez innocemment,
A la premiere veuë en firent mon Amant,
Il me iura d'abord vne immortelle flame,
Et me voulut donner l'Empire de son ame,

I'estois

I'estois tout son espoir & son plus cher soucy,
Mais si ie le vainquis, il voulut vaincre aussi,
Et donnant de ses feux vne preuue bien claire,
Il fit de nostre hymen entretenir mon Pere;
Pour gaigner ce vieillard il ne luy manquoit rien,
Il auoit le merite, & l'esprit & le bien;
Ce dernier suffisoit pour le pouuoir surprendre,
Quiconque est riche, enfin par tout peut estre gendre,
De ce Siecle peruers c'est le plus riche don,
Par là Tyrene sceut gaigner Armagedon.
Mon Pere m'ordonna de souffrir sa visite,
Il l'aymoit pour son bien, & moy pour son merite,
Et son profond respect sceut si bien m'émouuoir
Que ie prenois plaisir à suiure mon deuoir.
En suite vne querelle à mes vœux importune,
Vint trauerser le cours de ma bonne fortune.
Tyrene en vn combat fit perir Dorilas.

LISIMENE.

Qui brûloit comme luy de vos ieunes apas?

BELISE.

C'est ainsi qu'on le dict.

LISIMENE.

Apres cette querelle

Il falut s'abſenter.

BELISE.

Depuis cet infidelle
Ne ſe ſouuenant plus de ſes feux ny de moy,
Apres vn peu d'abſence a violé ſa foy,
Ie voudrois imiter ce volage Tyrene.
Mais comme noſtre ſexe ayme auec plus de peine,
Il ſe dégage auſſi plus difficilement,
Et ne peut ſans rougir courir au changement.

LISIMENE.

Le voici.

BELISE.

Cachons-nous de peur qu'il ne nous voye.

LISIMENE.

Ie ſonderay tandis ſa triſteſſe, ou ſa ioye.

SCENE II.

TYRENE, LISIMENE, BELISE.

TYRENE.

Stances.

FVt-il iamais vn mal-heureux
Sous l'empire amoureux
Dont l'ennuy fut égal à ma douleur extréme?
Ie charmois autre part, icy ie suis charmé,
I'ayme, & ie suis aymé,
Mais ce n'est pas de ce que i'ayme.

De mes maux Belise a pitié,
Elle en sent la moitié,
Malgré cette rigueur & malgré nostre absence;
Et lâche que ie suis, i'ayme de tout mon cœur
Celle dont la rigueur
Semble punir mon inconstance.

Est-il possible, ô Dieux!

LISIMENE.

Oyez comme il se pleint;
On connoist à sa voix que son cœur est atteint.

TYRENE.

Doux ennuy toutefois, & bien-heureuse hayne!
Si ie touche à la fin le cœur de l'inhumaine.
La peine & les efforts de l'acquisition,
Sont vn doux souuenir en la possession.
Mais qui me vient parler?

LISIMENE.

Bannis cette tristesse;
Et donne vn peu de treve au tourment qui te presse.
Tout succede à tes vœux.

TYRENE.

O Dieux! qu'ay-ie entendu?

LISIMENE.

Et l'on veut t'accorder le bonheur qui t'est deu.

TYRENE.

Espargnez mes ennuis, aymable Lisimene,
Auez-vous veu l'objet qui fait naistre ma peine?

LISIMENE.

Oüy, i'ay veu plus encor.

TYRENE.

Et quoy?

LISIMENE.

Certains escrits
Qu'elle tenoit bien chers, & qui m'ont tout apris.
O le charmant esprit que celuy de Tyrene!
Il pourroit triompher de l'ame la plus veine,
Et que cette beauté montre de iugement
Dans le choix qu'elle a fait d'vn si parfait Amant.

TYRENE.

Voulez-vous que i'espere, & cette ame inhumaine
Me deffend seulement de parler de ma peine?
L'insensible causant ce qui me fait mourir,
A peur de le sçauoir, de peur de le guerir.

LISIMENE.

Tyrene, vne Maitresse est d'humeur plus discrete,
Que de pouuoir si tost aduoüer sa deffaite;
La tienne se declare, & ne me croy iamais,
Si ton cœur n'est l'objet de ses plus doux souhaits;
Me remerciras-tu, si de ma propre bouche
Tu sçay dans vn moment que ton amour la touche?

TYRENE.

Ie vous adorerois.

LISIMENE luy montrant Belise.

Adore ses apas,
La voici; que fais-tu? tu ne l'aborde pas?
Quelle humeur a si tost ton ame refroidie?

SCENE III.

BELISE, TYRENE, LISIMENE.

BELISE.

Traistre, que tu sçais mal cacher ta perfidie!
Es-tu sans artifice? & puis-je auoir surpris
L'excellence, & l'honneur, des plus rares esprits
Au moins qu'vn ris forcé te change le visage,
Témoigne du plaisir; & benis mon voyage.
Dis que tu souhaitois ce bonheur sans pareil;
Approche, appelle-moy ta Reyne & ton Soleil.
Quoy, tu ne peux forcer cette inutile honte?
Et ta voix quelquefois se donne à si bon compte,

Tu treuuois à Lyon des traits si delicats,
Et tu m'as si bien sceu prouuer ce qui n'est pas.

TYRENE.

O Dieux! ie voy Belise.

BELISE.

Il va conter merueille,
Et sa fidelité n'aura point de pareille.

TYRENE.

Quoy Belise, est-ce vous que ie treuue en ces lieux?
Et dois-je croire icy mon oreille & mes yeux.

BELISE.

Je suis toujours la mesme, & ne suis point chãgeante,
Il n'en est point ainsi de ton ame inconstante;
Tu n'és plus ce Tyrene autrefois si charmant,
En toy tout est changé iusqu'à l'habillement,
Tu n'as rien conserué de ce qui me sceut plaire,
Tu n'és plus qu'vn Berger digne d'vne Bergere.

TYRENE.

Les Bergers de ces lieux sont d'illustres Heros
Qui dans vn sain azile ont cherché du repos,

Mais ne m'accuse point d'estre à tort infidelle,
Puisque tu la causas, tu sçay bien ma querelle,
Dorilas estant mort, sans long-temps consulter
Pour venir en ces lieux il falut s'absenter,
Tandis que mes parens s'employant pour ma grace,
Par ie ne sçay quel sort, m'en allant à la chasse,
Ie vis Amarillis, dont l'éclat me rauit,
Elle me fit changer de Maitresse & d'habit.
I'accorde, que ie quitte vn bien incomparable,
Pour semer sur du vent, & bastir sur du sable,
Ie receuois chez vous des traitemens meilleurs ;
Mais vn secret destin porte mes vœux ailleurs.

BELISE.

Dis qu'vn secret destin porte ailleurs ta folie.

TYRENE.

Belise est toujours gaye, & sans melancolie.

BELISE.

Non, non, croy qu'en riant ie dis la verité,
Hé qui ne riroit pas de ta legereté ?
Quelle plaisante humeur agite ainsi ton ame ?
On pourroit l'excuser dans l'esprit d'vne femme,
Puisque selon l'erreur de vostre iugement,

Elle

Elle eſt de ſon inſtinct ſujette au changement.
Mais que ces Eſprits forts, ces miroirs de constance,
Faſſent au moindre vent ſi peu de reſiſtance,
Que leur fidelité manque aux premiers effects,
C'eſt vn ſujet de rire où l'on n'en eut iamais.

TYRENE.

Si tu conſiderois combien l'abſence eſt forte,
On ne te verroit pas diſcourir de la ſorte.
Ta preſence auroit peu diuertir ce malheur :
Car qui void le Soleil, ſent toujours la chaleur.

BELISE.

Il eſt vray ta conſtance eſt digne qu'on t'adore !
Traiſtre, i'eſtois abſente, & ie t'aymois encore,
I'auois les meſmes feux, & le meſme ſoucy :
I'ay veſcu ſans te voir, & ſans changer auſſi.
Sans te voir ! ie m'abuſe, & ma triſte penſee
M'a toujours de Tyrene vne image tracee :
Je t'ay veu tous les iours, ie t'ay parlé cent fois.

TYRENE.

Il ne m'en ſouuient point.

BELISE.

Mais ſans yeux & ſans voix,

Ie n'estois pour mon mal que trop ingenieuse,
Ma memoire est trop bonne, & trop officieuse.

TYRENE.

Et moy ie ne sçaurois me vanter de ce point,
I'ay bien tost oublié ce que ie ne voy point.
Excuse en ce malheur ma memoire infeconde,
Ou que de ce deffaut la Nature réponde.
Mais voici ma Bergere, admire sa beauté,
Et ne condamne plus mon infidelité.

BELISE.

Va, barbare à mes yeux, luy conter ton martire,
Obtiens de cet objet ce que ton cœur desire;
I'y consens infidelle; adore ses apas.

TYRENE.

Tu profiterois peu de n'y consentir pas.

BELISE.

Cachons-nous pour l'oüir.

SCENE IV.

TYRENE, AMARILLIS.

TYRENE.

Adorable merueille,
En beauté ſans ſeconde, en rigueur ſans pareille,
Quand voulez-vous tarir la ſource de mes pleurs?
Quand ſera voſtre eſprit ſenſible à mes douleurs?
Ces rochers orgueilleux en des ruiſſeaux ſe fondent,
Ils entendent mes cris, leurs echos me répondent,
Et quand i'ay demandé ſi mon mal inoüy
Finiroit quelque iour, elles m'ont dit ouy.
Vous conſeruez pourtant voſtre rigueur extréme,
Et ie n'oſe eſperer que vous parliez de meſme.

AMARILLIS.

Où peut eſtre ma ſœur?

TYRENE.

I'implore du ſecours,
Aymable Amarillis entendez mes diſcours.

AMARILLIS.

L'aueZ-vous veuë icy?

TYRENE.

Vous me fermeZ l'oreille,
Pour ne pas aduoüer mon ardeur sans pareille.

AMARILLIS.

Où la puis-je treuuer?

TYRENE.

Dieux que de cruauté!
Ie parle de mon mal, inhumaine beauté.

AMARILLIS.

Ie la cherche par tout.

TYRENE.

Cruelle, oyez ma pleinte,
Donnez vn mot au mal dont mon ame est atteinte.

AMARILLIS.

Dieux que ces importuns me dérobent de temps,
Ie les fais tous souffrir, ils sont tous mécontens.
Ce n'est que de mon cœur que leurs plaisirs dépendent,
Ie n'en possede qu'vn, & tous me le demandent.

Qui le doit obtenir ? qui seront les jaloux ?
Nul de vous ne l'aura, pour vous accorder tous.

TYRENE.

Comparez nos tourmens, considerez nos peines,
S'ils ont versé des pleurs, i'en verse des fontaines,
S'ils sentent quelque ardeur, ie me sens consumer,
Ils aiment froidement, & ie sçay seul aimer.

AMARILLIS.

Tous en disent de mesme.

TYRENE.

Et seul ie le doy dire,
Si la pleinte est plus iuste, où la fortune est pire,
Tyrene sçait mourir, s'ils sçauent endurer,
Son inclination ne se peut comparer.
Pour vous i'ay violé l'amitié la plus sainte
Dont iamais icy bas vne ame fut atteinte,
Il n'estoit rien d'égal à mes contentemens,
Ie causois de l'enuie aux plus heureux Amans.
Ie pouuois loin de vous deffier la fortune,
I'obligeois trop Belise, & ie vous importune;
Tous mes vœux l'honoroient, & vous les refusez.
Je les voyois cheris, ie les vois méprisez.

AMARILLIS.

Adieu, ie hay l'amour d'vn esprit infidelle,
Et ie ne pretens rien au bien de cette Belle.
Reportez-luy ce cœur que vous me presentez;
Vous me pourriez quitter comme vous la quitez.

SCENE V.

BELISE, TYRENE.

BELISE.

O Qu'il est satisfait & qu'il profite au change,
Soy-mesme il se punit, & m'offençant me vange.
Tyrene, qui mesprise est enfin mesprisé.

TYRENE.

Ie n'attendois pas mieux que d'estre refusé.
Ah! ie iure le Ciel, que s'il m'estoit possible,
Je me dégagerois de cette ame insensible.
Que ce cœur brûleroit de ses feux anciens,
Que ie m'enchainerois de mes premiers liens.

BELISE.

Ouy, si la chaine aussi t'estoit encor offerte;
Et si ie desirois de recouurer ma perte.
Mais ce soin me trauaille assez legerement,
Vn bien que chacun fuit se conserue aisement;
I'ay veu le peu d'estat qu'on fait de ton seruice,
Et ie ne crains pas fort qu'aucune te rauisse.
I'espreuue qu'il est vray que l'Amour n'a point d'yeux,
Ie reputois jadis mon destin glorieux,
Quand ton affection s'offroit à ma memoire,
Je croyois tout Lyon enuieux de ma gloire.
Que Tyrene escriuist, que Tyrene parlast,
Ie ne croyois iamais qu'vn autre l'esgalast.
Opinion bien fausse, & que ie n'ay plus euë,
Depuis que la raison m'a desillé la veuë.
Ie n'estime plus tant les charmes de ta voix,
Ie m'estonne bien plus de l'erreur où i'estois.
Mon ame s'est renduë à de foibles atteintes,
Tu galantises mal, & tu fais mal des pleintes.
Ne figurant pas mieux ta peine & ton souci,
Amarillis fait bien de te traiter ainsi.
Tu luy parlois de pleurs pour exprimer ta peine,
Mais cet abaissement est honteux à Tyrene.

TYRENE.

Espargne vn malheureux, & quelque qualité
Dont jadis ton esprit ait le mien enchanté.
Croy que tu pourrois peu sur cette ame inhumaine,
Qu'en mon lieu tu serois en vne mesme peine.
Elle n'estime rien que ses propres apas,
Venus sous mes habits ne la toucheroit pas.
On ne peut rien gagner sur cette ame insensible.

BELISE.

Et si ie luy plaisois?

TYRENE.

Tu ferois l'impossible.

BELISE.

Si tu veux en auoir les diuertissemens
Tu n'as qu'à m'enuoyer vn de tes vestemens.

TYRENE.

Je t'en fais present d'vn dont l'estoffe esclatante
Doit estre auantageux à ta beauté charmante,
Sa broderie est riche, & iette des esclats
Qui pourront rehausser celuy de tes apas.

BELISE.

BELISE.

Tu riras de la feinte, & ie suis assez vaine
Pour esperer l'honneur de flechir l'inhumaine
Sous le nom de ton frere, & sous celuy d'amant
Ie perceray son cœur plus dur qu'vn diamant.
Je n'arriuay qu'hier, & n'estant pas connuë,
Il m'est aisé de feindre, & de tromper sa veuë.

TYRENE.

Ce diuertissement ne peut estre que doux,
De voir Cleonte Amant, & Tyrene jaloux.
Mais apres cet effet, que ie treuue admirable,
Tu ne me feras plus qu'vn objet adorable;
De tes vœux dépendra tout mon contentement,
Et ie mépriseray l'Amante pour l'Amant.

BELISE.

Je ne t'oblige à rien, & fais cette entreprise,
Sans dessein que ton cœur me rende sa franchise.
Ne dis point qui ie suis aux beautez de ce lieu,
Et m'enuoye vn habit.

TYRENE.

Dans vn moment.

BELISE.

Adieu.

Fin du premier Acte.

ACTE II.

SCENE PREMIERE.

TROIS SATYRES.

Le 1. Satyre.

S-tu veu dans ce fond ces deux belles
Bergeres?

2. Satyre.

Trop pour leur interest, fussent-elles legeres,
Plus que les ieunes Dains qu'en courant i'atterray,
Auant qu'il soit long-temps ie les atraperay.

3. Satyre.

Pour se mieux délasser, au bord d'vne fontaine,
De se lauer les pieds elles prenoient la peine;
Et lors que librement, & sans penser à nous,
Elles se retroussoient iusques sur les genoux,

Ie voyois vne cuisse aussi blanche, aussi ronde
Que iamais la Nature en forma dans le monde.
O quels friands morceaux pour les Princes des bois!
O qu'ils sont delicats! i'en léche encor mes dois.

2. Satyre.

De l'endroit où i'estois, i'ay veu d'autres merueilles.
Ah! ah! pour m'écouter vous dressez les oreilles.
J'ay veu, i'ay veu, i'ay veu par le reflais de l'eau,
Si ie ne suis trompé, quelque chose de beau.

3. Satyre.

A t'entendre parler tu n'en as veu que l'ombre,
Moy i'ay veu tout à nud des Beautez en grand nombre.
Qu'elles auoient d'apas! mais c'estoit de la chair
A qui pas vn de nous n'auroit osé toucher.

1. Satyre.

Ie me doute de qui.

3 Satyre.

Des Nimphes de Diane
Que ie voyois baigner, monté sur vn platane.
Ah! depuis Acteon le prophane mortel
J'oserois bien iurer qu'on n'a rien veu de tel.

C'estoit dans vn ruisseau, dont l'eau tranquille &
claire,
A ces ieunes beautez sert d'hosteſſe ordinaire.
Là ie voyois à nud montrer de si beaux corps,
Que me deust-on changer en vn Cerf de dix cors
Et les chiens, de ma peau, se deussent-ils repaistre,
I'irois les voir encor, s'ils y deuoient paroistre.

1. Satyre.

Compagnon si la troupe alors t'eust apperceu,
De nouueaux cornichons ton front seroit boſſu.
Ah que de coups de poing! ah! que de coups de gaules
Auroient bien applany le poil de tes espaules.

3. Satyre.

L'vne qui sur le bord marchoit comme à tastons,
Laissant ses vestemens montroit ses beaux tetons,
Et touchant de son pied cette onde cristaline,
Faisoit voir au grand iour vne jambe poupine,
Vne cuiſſe bien faite, vn ventre potelé,
Pour qui nostre Dieu Pan luy-mesme auroit brûlé,
Ie dis comme vn tison fait d'vne vieille souche.

2. Satyre.

Tu me fais enrager, l'eau m'en vient à la bouche.

3. Satyre.

L'autre qui ſur le ventre en grenoüille nageoit
Retiroit ſes deux bras, & puis les alongeoit,
Et par fois ſoufflant l'eau d'vne bouche vermeille,
Folaſtroit d'vne grace à nulle autre pareille,
Et dans ces beaux cheueux attiroit les zephirs,
Et faiſoit ſouleuer mille amoureux ſoupirs.

1. Satyre.

Cette peinture eſt belle, & ie te prie acheue.

3. Satyre.

Vne autre toute nuë eſtoit deſſus la greue,
Mais aſſiſe en poſture à te faire pitié,
Car elle ſe tiroit vne eſpine du pied,
Vne jambe aßez haut ſur ſa cuiße croiſee,
Et qui.

1. Satyre.

Ah! ie t'entens; eſtoit bien diſpoſee.

3. Satyre.

Vne autre s'allant ſeoir ſur vn prochain gazon
S'eßuyoit en tous lieux, comme c'eſt la raiſon.

Ah! qu'elle auoit d'apas! ah! que de belles choses;
Tout son corps n'estoit fait que de lys & de roses.
Un certain vermillon, dont l'éclat estoit doux,
Coloroit tendrement sa fesse & ses genoux.

2. Satyre.

Vf, arreste-toy là, n'en dis pas dauantage,
Tu me ferois creuer d'vne amoureuse rage.
Ah! que n'estois-je là, ie l'eusse prise au corps,
Eussay je deu souffrir vn million de morts.
Dans le plus fort du bois ie vous l'aurois fourée,
Comme vn Renard qui prend vne poule égarée
I'aurois eu le plaisir de contenter mon feu.

3. Satyre.

C'est le fils de Luxure; ou du moins son Neveu.

1. Satyre.

Pour les plaisirs d'amour, il est insatiable.

3. Satyre.

Pour estre si petit, il est ribaut en Diable.

2. Satyre.

Pour vous, honnestes gens, à vous bien regarder
Quelqu'vn vous donneroit vne fille à garder;

On a qu'à remarquer vos mines & vos gestes,
On vous prendra tous deux pour bouquins fort modestes.

3. Satyre.

Mais il faut reuenir enfin à nos moutons,
Ces filles vont partir, marchons & nous hastons.

1. Satyre.

Si nous les atrapons, pour contenter nos flames,
Cõment en ferõs-nous, nous n'auõs que deux femmes
Pour trois.

3. Satyre.

Dessus ce poinct il sera debatu,
Nous pourrons, les ayant, tirer au court festu;
La plus petite paille ira chercher fortune;
Et les deux plus heureux en prendront chacun vne.

2. Satyre.

Il n'est point de festu, de paille, ou de hazart,
Nous nous gourmerons bien, ou i'en auray ma part.

3. Satyre.

Il faut prendre deuant ces Animaux sauuages,
Puis apres de leurs peaux nous ferons les partages.
Allons de ce costé.

I. Satyre.

Courons, quelqu'vn nous suit,
Quelque fâcheux Berger prés de nous faict ce bruit.

SCENE II.

AMARILLIS, DAPHNE'.

AMARILLIS.

Pourquoy m'accusez-vous de trop de retenuë?
Ie ne déguise rien, i'ay l'humeur ingenuë.
Qui peut, si ce n'est vous, cherir mes interests?
Et qui doit que ma sœur partager mes secrets?

DAPHNE'.

Quelque si libre humeur dont vn esprit puisse estre,
Il est bien malaisé qu'il fasse tout parestre;
Toujours quelque secret se reserue au dedans,
Qui mesme n'est pas sceu des plus chers confidens.
Mais sur tout en amour la plus libre est secrette,
Et comme elle est aueugle, elle est aussi muette.
On ne s'ose fier à son meilleur ami,
Et le cœur le plus franc ne s'ouure qu'à demi.

Posseder

Poßeder tant d'attraits, estre si recherchee;
Captiuer mille esprits, & n'estre point touchee,
Ha ma sœur! pensez-vous qu'on le puiße estimer?
Le Ciel vous a-t'il faite incapable d'aimer?
Euitez-vous les coups dont toutes sont bleßees?
Et n'eustes-vous iamais de pareilles pensees?
L'Amour est vn Archer qui n'a iamais failli,
Si le cœur ne se rend quand il est aßailly,
Il prend vne autre voye, il le force, il le bleße,
Et l'orgueilleuse enfin reconnoist sa foibleße.

AMARILLIS.

Il est maistre des cœurs qui se laissent dompter,
Mais quand on le veut fuyr on le peut éuiter.

DAPHNE'.

Ce Dieu, comme il luy plaist atteint les plus cruelles;
On prend la fuite en vain; ma sœur, il a des ailes.

AMARILLIS.

Mais les ailes qu'il a sont courtes quand il naist,
Cet enfant vole-t'il, foible encor comme il est?

DAPHNE'.

On ne sent pas l'Amour au poinct de sa naißance,
Et qui ne le sent pas, ne craint point sa puißance.

AMARILLIS.

Mais alors qu'on le sent, on l'éuite aisément.

DAPHNE'.

Alors il sçait voler, on s'enfuit vainement.

AMARILLIS.

Aussi n'ay-je iamais sa force méprisee,
Et mon ame à ses traits est toute disposee.
Mais de les preuenir, les prendre en son carquois,
Et de ma propre main, me ranger sous ses loix,
Qui me voudroit, ma sœur, conseiller de le faire,
Ne me donneroit pas vn aduis salutaire.
J'appreuue qu'vn esprit mette les armes bas;
I'appreuue mesme aussi qu'il ne se rende pas.
Ie n'aimeray iamais, qu'Amour ne m'ait blessee,
Si ie luy dois ceder, i'y veux estre forcee.

DAPHNE'.

Aduoüez toutefois que parmy tant d'Amans
Qui reuerent en vous des attraits si charmans,
Il s'en treuue quelqu'vn qui vous plaist dauantage,
Et dont plus volontiers vous agreriez l'hommage.

AMARILLIS.

Philidas vaut beaucoup.

DAPHNE'.

Que ces attraits ſont doux.

AMARILLIS.

Mais ie le voy qui vient, ma ſœur retirons-nous.

DAPHNE'.

Craignez-vous ſon abord?

PHILIDAS.

Ie la voy l'inhumaine.

DAPHNE' à Philidas.

Ie trauaillois pour vous, mais i'ay perdu ma peine.

SCENE III.

PHILIDAS, CELIDAN.

PHILIDAS.

HElas cruel amy que ma douleur te plaiſt!
Void comme elle me fuit, l'inſenſible qu'elle eſt!
Et tu dis que le temps la rendra plus traitable,
Tu differes l'arreſt de mon ſort lamentable,

Tu me retiens le bras, tu differes ma mort,
Tu connois, Celidan, si ie me plains à tort.

CELIDAN.

Philidas elle est fille, & la fille est changeante,
Nous la verrons vn iour t'estre plus indulgente,
Le temps amollira ce courage inhumain,
Elle fuit auiourd'huy, tu l'atteindras demain.
Ne l'auoir pas suiuie, est vn pas pour l'atteindre,
Si tu la veux fléchir, il faut mieux te contraindre.
Tu ne sçais pas bien l'art qui la peut engager.

PHILIDAS.

Enseigne-le moy donc, si tu veux m'obliger.

CELIDAN

Il faut paroistre froid pour toucher les Bergeres,
Et montrer à leurs yeux des bleßeures legeres.
Ce sexe que toujours nous auons respecté,
A tiré son orgueil de nostre humilité;
Et si nous paroissions plus hommes & plus graues,
Ces superbes vainqueurs deuiendroient nos esclaues;
Et si nous les traitions d'vn air indiferend
Nous rendroient tous les soins qu'en nos iours on leur rend.

PHILIDAS.

Mais comment estouffer la plainte quand on brûle?
Quiconque n'ayme pas, aisément dissimule.
Toy-mesme auec ton art n'és-tu pas enchainé?
Te peux-tu garantir des beaux yeux de Daphné?

CELIDAN.

Ie me peux excuser sur son merite extréme.

PHILIDAS.

L'Amant de son Amante en dit toujours de mesme.
Croy-moy, cher Celidan, alors qu'on ayme bien
La feinte est mal-aisée, & ne nous sert de rien.
Pour moy ie souffre trop, ie ne m'en sçaurois taire.

CELIDAN.

Flatte donc cette ingratte, & tasche de luy plaire;
Fais des vers sur son teint, son esprit & sa voix,
Puisque c'est le dessein qui t'ameine en ces bois,
Ne crains point de faillir, ny de perdre ta peine,
On n'estime auiourd'huy que les fruits de ta veine.

PHILIDAS.

Il est vray que i'ay l'art de flatter qui me plaist,
Ie peints, quand bon me semble, vn œil plus beau qu'il n'est.

Ie dore des cheueux, & ma plume se iouë
A noircir vn sourcil, ou farder vne iouë.
I'ay toujours de la neige, & quelquefois i'en mets
Sur vn sein qui n'en eut, & n'en aura iamais.
Ie preste à qui ie veux des œillets & des roses,
Ie donne de l'éclat aux plus communes choses,
Et i'ay fait estimer cent visages diuers
Qui n'auoient toutefois rien de beau qu'en mes vers.
Mais tout est au dessous de sa beauté parfaite :
Ma Muse en ce trauail est timide & muette;
I'admire les effects de cet œil mon vainqueur
Qui me glace la veine, & m'échauffe le cœur.
Toujours le premier mot a ma plume arrestee,
Ie l'ay mille fois prise, & mille fois quittee,
Mon iugement s'égare en ses moindres appas,
I'écriray toutefois, mais ne t'éloigne pas.

CELIDAN.

J'attendray cependant en ce lieu frais & proche,
Mais voy si tu n'as point quelques vers en ta poche,
Ie me diuertiray par ce doux entretien,
Ie ne puis estimer de stile que le tien.

Celidan lit.

Rochers effroyables desers,
Où de la beauté que ie sers

Ie fais des plaintes inutiles,
Mon mal prés d'elle a toujours empiré,
Et vos ſablons ne ſont pas ſi ſteriles
Que mon mal eſt deſeſperé.

Mes eſprits ſont tous languiſſans,
Mes foibles & timides ſens
N'ont plus de clarté ny de force,
Et mon malheur eſt ſans comparaiſon,
Depuis qu'Amour a ſemé le diuorce
Entre mon Ame & ma Raiſon.

Tous remedes ſont ſuperflus,
Et rien ne me conſole plus
Au fort d'vne douleur ſi grande,
Si dans mon mal i'ay quelque reconfort,
Abſolument il faut que ie l'attende
D'Amarillis, ou de la mort.

Mais ie crains qu'apres mon trépas
Au milieu des Ombres là bas
Son Amour encor me pourſuiue;
Objet Celeſte, au iugement de tous,
Soit que ie meure, ou bien ſoit que ie viue,
Ie veux toujours brûler pour vous.

Que ces vers ſont coulants, ô l'admirable veine,
Il en a déja fait plus de vingt d'vne haleine,

As-tu bien reüſſi?

PHILIDAS.

Jamais pauure rhimeur
N'eut tant d'ambition, & moins de bonne humeur.
I'ay fait ce peu de vers depuis que ie trauaille,
Eſcoute ſi i'ay rien imaginé qui vaille.

STANCES.

DIuine Amarillis, honneur de nos Bergeres,
Moderez tant ſoit peu la rigueur de vos loix,
Si dans ma paſſion l'excez de mes miſeres
Ne m'interdiſoit point l'vſage de la voix,
I'éleuerois ſi haut vos beautez ſans exemple,
Que vous auriez vn Temple.

Voſtre nom qui touſiours occupe ma memoire,
Pourroit pompeuſement éclater dans mes vers,
Et rien n'empeſcheroit le bruit de voſtre gloire
D'eſtonner noſtre ſiecle & remplir l'Vniuers,
Aimez vous mieux ma mort, ô beauté trop aimee!
Que voſtre Renommee?

S'il faut que mon trépas contente voſtre enuie,
Auant qu'il ſoit long temps ie feray voir à tous,
Que i'ay pris iuſqu'ici quelque ſoin de ma vie,
A deſſein ſeulement de l'employer pour vous.
Mais s'il faut qu'vn beau coup finiſſe ma miſere,

Mon

Mon amour me fournit mille penſers diuers,
Et ie n'en puis treuuer pour acheuer ce vers.

CELIDAN.

Ce ſtile eſt au deſſus de ton ſtile ordinaire,
Ie me vais retirer de peur de te diſtraire;
Acheue, cher amy, c'eſt trop bien commencé,
Ce feu grand & ſubtil eſt auſſi-toſt paßé.

PHILIDAS ſeul.

Quitte, triſte Berger, ce penible exercice,
De tes pleurs ſeulement eſcris ſon iniuſtice.
Seuls ils peuuent preuuer tes tranſports innocens;
Seuls ils peuuent parler des ennuis que tu ſens.
Et c'eſt bien vainement qu'vn malheureux preſume
De fendre vn cœur ſi dur auec des traits de plume.
Arbres ſoyez atteints au recit de mes maux,
Eſt-il quelque martire eſgal à mes trauaux?
Mais que mon œil eſt las de ſouffrir la lumiere,
Quel aſſoupiſſement me ferme la paupiere?
Dieux! appellans mon ame en cet heureux ſommeil,
Accordez à mes yeux vn dormir ſans réueil.

Il s'endort.

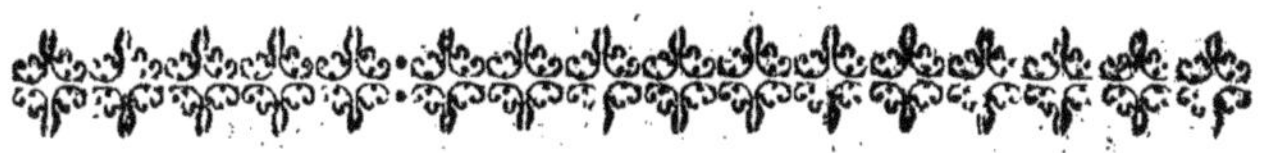

SCENE IV.

AMARILLIS, DAPHNE', PHILIDAS.

AMARILLIS.

DIeux que ces importuns ont peu de cõplaisance,
Et qu'il est mal-aisé d'éuiter leur presence.
Ma sœur n'y sont-ils plus?

DAPHNE'.

Ouy, ie les voy là bas.

AMARILLIS.

Adieu.

DAPHNE'.

Reuiens, ie ris, & ie ne les voy pas.

AMARILLIS.

Je m'aime auiourd'huy seule, & si pas vn se montre...

DAPHNE'.

Dieux! quelle peur as-tu?

AMARILLIS.

Celle de leur rencontre.

DAPHNÉ.

Philidas te déplaist, cruelle tu le fuis.

AMARILLIS.

Par fois selon l'humeur & le temps où ie suis,
En de certains momens i'aime d'ouyr sa plainte,
Je luy répons des yeux, & ie flatte sa crainte;
Ie vante son esprit, i'estime ses discours;
Mais cette belle humeur ne dure pas toujours.
I'abhorre bien souuent vn si triste langage,
Et quelque Amant plus gay me plairoit dauantage.

DAPHNÉ.

Tu le peux rendre tel.

AMARILLIS.

Comment.

DAPHNÉ.

Par ta pitié.
Paye ce que tu dois à sa chaste amitié;
Ie le paye à l'amour que son ami me porte;
Imite mon humeur, traite-le de la sorte.
Celidan autrefois n'estoit pas si ioyeux,
Alors que ie treuuois son abord ennuyeux.

Mais ie voy Philidas sous cet espais feüillage ;
Voy comme les ennuis ont changé son visage ;
Le Ciel ferme ses yeux pour arrester ses pleurs,
Et tu ne seras pas sensible à ses douleurs ?
Lis ces vers qu'il t'adresse.

AMARILLIS.

O Dieux ! cette importune
M'imputera toujours ma mauuaise fortune.

DAPHNÉ.

Et bien ie les vais lire ; au moins en ma faueur
Escoute seulement.

AMARILLIS.

Dépesche donc ma sœur.

Daphné lit.

Diuine Amarillis, honneur de nos Bergeres,
Moderez tant soit peu la rigueur de vos loix,
Si dans ma passion l'excez de mes miseres
Ne m'interdisoit point l'vsage de la voix,
I'éleuerois si haut vos beautez sans exemple,
Que vous auriez vn Temple.

DAPHNÉ.

Il faut ouyr le reste.

AMARILLIS.

Fay viste, ou ie te laisse.

DAPHNE'.

Qu'elle sçait bien cacher le tourment qui la presse.

Vostre nom qui sans cesse occupe ma memoire,
Pourroit pompeusement éclater dans mes vers,
Et rien n'empescheroit le bruit de vostre gloire
D'estonner nostre siecle, & remplir l'Vniuers,
Aimez-vous mieux ma mort, ô beauté trop aimee!
Que vostre Renommee?

S'il faut que mon trépas contente vostre enuie,
Auant qu'il soit long-temps ie feray voir à tous,
Que i'ay pris iusqu'ici quelque soin de ma vie,
A dessein seulement de l'employer pour vous.
Mais s'il faut qu'vn beau coup finisse ma misere,

Voy-tu comme ta grace a touché ses esprits,
En composant ces vers, le sommeil la surpris.
Par deux mots adioustez, tu peux finir sa peine,
Et perdre en le sauuant le tiltre d'inhumaine.

AMARILLIS.

Escris-les de ta main.

DAPHNE'.

La tienne la blessé.

AMARILLIS.

Donne donc i'écriray.

DAPHNE'.

Quoy?

AMARILLIS.

Qu'il est insensé,
Qu'il a peu de raison d'aimer ce qui le blesse,
Que mon peu de dessein témoigne sa foiblesse.
Enfin.

DAPHNE'.

N'acheue pas, donne-moy cet escrit.
Bons Dieux on ne peut rien sur ce farouche esprit.

AMARILLIS.

Qu'y mets-tu?

DAPHNE'.

Qu'il espere.

AMARILLIS.

Esperances friuoles.

DAPHNE'.

Et si ie te veux faire aduoüer ces paroles,
Ie veux à cet amant procurer ta pitié.
Ie gaigneray ta hayne, ou luy ton amitié.

Ie iure à ton humeur vne eternelle guerre ;
Cruelle, as-tu dessein de dépeupler la terre ?
Et seras-tu constante en ce rigoureux poinct
De blesser tous les cœurs, & de n'en guerir point ?
Espere-tu du prix à ta froideur extréme ?
Et vaux-je moins que toy pour aduoüer que i'aime ?

AMARILLIS.

L'Amour te paye-t'il du soucy que tu prends
De le rendre adorable aux cœurs indifferents ?
Te charge-tu du soin d'establir son empire ?
Ta voix peut-elle plus que les traits qu'il nous tire ?
Si i'aimois Alcidor, il devroit son secours
A ses propres appas, & non à tes discours,
Son pouuoir t'est suspect, prenant pour luy les armes,
Et pensant l'obliger tu fais tort à ces charmes,
Son humeur seulement a de puissans appas,
Et peut plus que ta voix.

DAPHNE.

Et tu ne t'y rends pas ?

AMARILLIS.

En voudrois-tu iurer?

DAPHNE.

Oüy, si ie te dois croire.

AMARILLIS.

Il peut beaucoup sans toy, n'oste rien à sa gloire.

DAPHNE'.

Qu'elle est dissimulée.

PHILIDAS réuant.

Ha! tu fais mon tourment;
Vn mot, belle inhumaine, vn regard seulement.

DAPHNE'.

Il réue, escoutons-le.

PHILIDAS.

Ie pourrois toute chose,
Tu ne peux m'échapper, mais quoy que ie propose,

AMARILLIS.

Ie crains peu ce danger.

PHILIDAS.

Ie tremble à ton aspec,
Quoy? rien à mon amour: quoy? rien à mon respec:
Cruelle! oste-moy donc ta presence fatale,
Et ne m'oblige plus au tourment de Tantale.
Adieu, laisse-moy seul.

AMARILLIS.

AMARILLIS.

Voy combien il me plaist,
Ie luy veux obeyr, tout endormi qu'il est.

DAPHNE'.

Attendons son réueil.

AMARILLIS.

Pour moy ie me retire ;
Et tu m'as obligee à beaucoup de martyre.
Mais i'apperçois Tyrene, & quelqu'vn qui le suit.

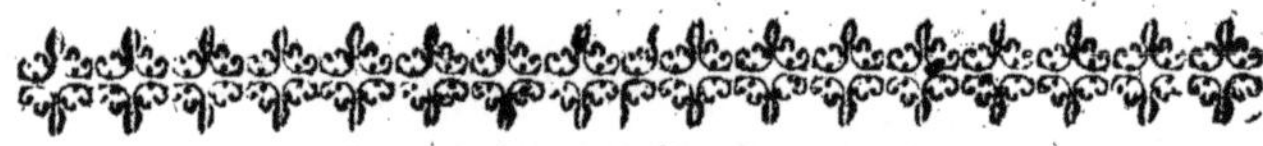

SCENE V.

TYRENE, BELISE sous le nom de CLEONTE, AMARILLIS, DAPHNE'.

TYRENE.

IE l'auise à propos, & le Ciel nous conduit.
Nous allions vous treuuer, agreez la visite
Que ce ieune estranger doit à vostre merite ;
C'est mon frere en ces lieux arriué fraichement.

AMARILLIS.

Il m'oblige beaucoup.

DAPHNÉ.

O Dieux qu'il eſt charmant !

CLEONTE.

Surpris, ſaiſi, confus auprés tant d'excellence,
Mon meilleur compliment dépend de mon ſilence ;
Ie voy d'vn œil charmé vos diuines beautez,
Et ie croy me treuuer en des lieux enchantez ;
Dés que i'ay commencé de marcher ſur vos traces,
Mon eſprit enchanté vous a pris pour les Graces ;
Vous auez leur meſme air, leur éclat, leur douceur,
Il ne s'y manque rien, que la troiſieſme ſœur.
Ce diſcours eſt fondé ſur beaucoup d'apparence,
Puiſque le nombre ſeul en fait la difference.

AMARILLIS.

Vous nous voulez railler par ce diſcours flatteur.

DAPHNÉ.

On le pourroit nommer l'agreable menteur.

CLEONTE.

Vous voir ſans ſoupirer, cela n'eſt pas poſſible,
Ie ne ſuis pas de roche, & mon cœur eſt ſenſible.

Dieux ! que mon frere a tort de m'amener icy
Pour perdre ma franchise, & gaigner du soucy.

TYRENE.

Ie vous l'auois bien dit.

CLEONTE.

Il est trop vray, mon frere,
Mais quoy, ie me tairay, de peur de vous déplaire.

AMARILLIS.

L'on treuue en vos discours de si charmans appas,
Que vous desobligez quand vous ne parlez pas.

CLEONTE.

Le silence sied bien aux bouches peu disertes ;
Aux soupirs, malgré moy, mes levres sont offertes.

DAPHNE.

L'on ne peut dire mieux.

CLEONTE.

Mais ma timide voix
De vos commandemens prendra toujours des loix.

AMARILLIS.

Nous vserons toujours enuers vous de prieres.

DAPHNE' bas.

Voici pour mes ennuis de nouuelles matieres.
Que ses yeux sont charmãs, que sa voix a d'attraits!

AMARILLIS.

Nous souffrons le Soleil, & le logis est prés,
Vous plaist-il de le voir?

CLEONTE.

Acceptez ma conduite.

TYRENE.

L'heureux effect! Amour fauorise la suitte.

SCENE VI.

PHILIDAS éueillé.

SOmmeil, heureux charmeur des ennuis que ie sẽs,
Pourquoy m'as-tu rendu la liberté des sens?
Helas par ta faueur ie voyois ma Bergere,
Et tâchois d'adoucir son humeur trop seuere,
Et quoy que sa rigueur estouffast mon espoir,
Ie iouyssois pourtant du bonheur de la voir.

I'ay malgré ses efforts sa belle main pressee;
Cet agreable songe a flatté ma pensee;
De ce bien maintenant mes desirs sont priuez.
Mais, ô Dieux! quelle main a mes vers acheuez?
Mais s'il faut qu'vn beau coup finisse ma misere,
Et l'on a mis icy; Non, Philidas, espere.
Pourrois-je desormais voir le Ciel sans mépris,
Si la main de ma Belle auoit ces mots escrits?
Non Philidas espere, ô Dieux le puis-je croire?
Puis-je sans vanité me donner cette gloire?
Non, quelqu'vn qui passoit touché de mon tourment
A ces vers acheuez par diuertissement.
Je ne me flatte point de ce bonheur insigne,
L'ozer imaginer, c'est en paroistre indigne.
I'espereray pourtant, & croiray que le sort
Se sert de ce moyen pour diuertir ma mort.

Fin du second Acte.

ACTE III.

SCENE PREMIERE.

PHILIDAS, AMARILLIS chante.

CHANSON.

Mepris, orgueilleuse fierté,
Nous auons assez disputé
Contre l'effort de tant de charmes,

Apres vn combat glorieux
Amour, si ie quitte les armes
Ie les rends au plus grand des Dieux.

PHILIDAS.

O diuine Chanson! mes vœux sont appreuuez,
Et sa diuine main a mes vers acheuez.

AMARILLIS continuë à chanter.

Ie sçay quel empire tu prens
Dessus les cœurs indifferens
Auec des soupirs & des larmes;

Apres tant d'efforts glorieux,
Amour, ie dois quitter les armes
Et les rendre au plus grand des Dieux.

PHILIDAS.

*Abordons-là sans crainte; Obligé desormais
A vous offrir des vœux, si ie le fis iamais,
Que ie baise à genoux cette main fauorable,
Qui vient de releuer l'espoir d'vn miserable:
Donc ces beaux yeux sont las de me voir soupirer?
Donc il m'est ordonné de viure & d'esperer?
Et comme vn doux vainqueur respecte sa conqueste,
Vous auez diuerti la mort qui m'estoit preste;
Ouy, ie vis, & i'espere vn destin plus humain,
Puis qu'il faut obeyr à cette belle main.*

AMARILLIS.

*Quoy? i'ay tracé ces mots? la croyance indiscrette!
Voyez comme aysément on croit ce qu'on souhaite,
Perdez vn peu, Berger, de cette vanité,
Et ne me loüez point de tant de charité.*

PHILIDAS.

Voulez-vous plus long-temps prolonger mon ſuplice?
Et vous repentez-vous d'vn acte de Iuſtice?
Suis-je trop peu diſcret pour cacher vos bienfaits?
Quand meſme vous rendriez mes deſirs ſatisfaits?
Dieux! qu'à ſe declarer vne fille a de peine,
Vous ne deffendez pas qu'on vous nōme inhumaine,
Quand ie vous apellois ſourde, ingrate & ſans yeux,
C'eſtoit là vous donner des tiltres glorieux,
Vous trouuiez des appas en mon ſort lamentable,
Et vous vous offencez du tiltre d'equitable.
Vous n'oſez auoüer vne bonne action,
Que vous auez renduë à mon affection.

AMARILLIS.

Ie n'en puis auoüer, ny mauuaiſe, ny bonne,
Ie n'ordonne la vie, & ne l'oſte à perſonne.
C'eſt aßez, Philidas, que chacun ſonge à ſoy,
Ie ne conſerue point ce qui n'eſt point à moy.

PHILIDAS.

Amarillis pourtant a mon cœur en hoſtage.

AMARILLIS.

Elle vous rend à vous auecque voſtre gage,

Vous

Vous sçauez mon humeur, ie fuis ces passions,
Et ie suy seulement mes inclinations.

PHILIDAS.

Quoy? toujours insensible, & sourde à mes prieres?

AMARILLIS.

Toujours ferme & constãte en mes humeurs premieres.

PHILIDAS.

Vn peu moins qu'autrefois.

AMARILLIS.

Toujours également.

PHILIDAS.

Philidas n'est pas sourd.

AMARILLIS.

Ny moy pareillement.

PHILIDAS.

Non, car vous m'entendez. Adieu, viuez heureuse,
Soyez impitoyable à ma peine amoureuse;
Estouffez tout l'espoir qui me peut secourir,
Ie porte dans ma main le moyen de guerir.

Il s'en va.

AMARILLIS seule.

O Dieux! cet importun a ma voix entenduë
Alors que i'auoüois que ie me suis renduë.
Il a receu pour luy cette confession,
Et croit estre l'objet de mon affection.
Mais las! quoy que ie doiue à son amour extréme,
Il est bien abusé quand il croit que ie l'ayme.
Vn Amant bien plus rare occupe mes esprits,
Il me demande vn cœur qu'vn autre a déja pris.
Cleonte la forcé, mais auec tant de gloire
Qu'il n'a que d'vn moment acheté sa victoire,
Et qu'ayant iusqu'icy méprisé tant d'Amours
Ie me rends à l'appas de ses premiers discours.
Mais quelqu'vn vient icy. Mes plus cheres pensées
Par cet autre importun sont toujours trauersées.

SCENE II.

TYRENE, AMARILLIS.

TYRENE.

Q*VI vous rend si pensiue?*

AMARILLIS.

Vn autre objet que vous.

TYRENE.

Alcidor, ou Tirsis.

AMARILLIS.

Non, vn objet plus doux.

TYRENE

Pâris, ou Philidor?

AMARILLIS.

Non.

TYRENE.

Timandre, ou Geronde?

AMARILLIS.

Vous le pourriez trouuer, en nommant tout le monde.

TYRENE.

Que i'apprenne son nom, & mes vœux sont contens.

AMARILLIS.

Adieu, deuinez-le, ie vous donne du temps,
Vous pouuez y penser.

TYRENE l'arrestant.

Vn mot belle Bergere,
Ie sçay que vous auez des bontez pour mon frere,
Et prens part à l'honneur qu'il a receu de vous.

AMARILLIS.

Ie l'estime beaucoup, en estes-vous jalous ?

TYRENE.

Vous deuez auoüer qu'il est fort agreable.

AMARILLIS.

Il a l'esprit diuin, charmant, incomparable.

TYRENE.

C'est en dire beaucoup.

AMARILLIS.

Vous parlez froidement,
Il est la vertu mesme.

TYRENE.

En vn mot vostre Amant.

AMARILLIS.

Tyrene, parlez mieux. Vous rire, & me déplaire,

Ne sont pas les moyens d'auancer vostre affaire.
On arriue autrement à nostre affection
Que par la raillerie, & l'indiscretion.
Il est vray que la mienne est vn but, où Tyrene
Auec tous ses efforts perdra toujours sa peine.

TYRENE.

Ie l'apperçois qui vient; ô Dieu! qu'il est charmant.

AMARILLIS.

Plus que vous.

TYRENE.

Ie le croy.

AMARILLIS.

Mais plus infiniment.

TYRENE s'en allant dit à Cleonte.

On attend vostre veuë auec impatience.

CLEONTE.

Toy tu fais l'orgueilleux, & tu fuis ma presence.

Tyrene se cache & les entend.

SCENE III.

AMARILLIS, CLEONTE.

AMARILLIS.

QVe Cleonte eſt chagrin!

CLEONTE.

Et qu'il l'eſt iuſtement.
Ha! ſejour malheureux.

AMARILLIS.

Ha Dieu quel changement!
Ces plaines que tantoſt vous auez tant priſees,
Et que vous preferiez aux plaines Eliſees,
N'ont-elles pas encor leur premiere beauté?
D'où vient à voſtre humeur cette inegalité?

CLEONTE.

Que ce lieu ſoit charmant, qu'il ſoit incomparable,
Bergere, ſa beauté m'eſt peu conſiderable;
Ce ſont des appas morts, ſujets au moindre vent,
Et qui touchent les yeux, ſans paſſer plus auant;
Mais i'en treuue...

AMARILLIS.

Acheuez,

CLEONTE.

Helas que puis-je dire?
Lors que ie veux parler, il faut que ie soupire.

AMARILLIS.

Que Cleonte sçait bien feindre des passions.
O Dieux! comme il contraint toutes ses actions.
Que la franchise est rare en ce siecle où nous sommes!
La feinte seulement est la vertu des hommes,
Sur tout l'art de tromper est frequent à la Cour;
Qui dit vn Courtisan, dit vn fourbe en amour.
L'vn pour se diuertir se fait vne Maitresse;
L'autre fait le galant pour montrer son adresse;
L'vn par coustume agit, l'autre par interest;
Enfin tous sont Amans, & si pas vn ne l'est.

CLEONTE.

Ne vous offensez point diuin charme des Ames,
Ie ne vous diray rien de mes nouuelles flames.
Dans mes plus vifs accez ie ne me plaindray pas,
Et pour vostre repos i'euiteray vos pas.
Je n'augmenteray point cette troupe importune
Dont vous tenez en main l'espoir & la fortune.

Je ne reclameray ny vos vœux, ny vos soins,
Ie sçauray mieux aimer, & le témoigner moins.
C'est desia trop parler Dieux quelle ardeur me presse!
Que mesme en promettant i'enfraigne ma promesse.

AMARILLIS.

Las d'exercer ailleurs cette eloquente voix,
La venez-vous, Cleonte, exercer dans ces bois?
Espargnez nos esprits, dont les mœurs inciuiles
Ont bien peu de rapport auec celles des Villes.
Et ne m'obligez point aux mesmes complimens
Que celles de Lyon rendent à leurs Amans,
Ils seroient mal fondez, & ie reçois les vostres
Comme vn propos cõmun que vous tenez à d'autres.

CLEONTE feignant de s'en aller.

I'ay promis de me taire, adieu. Mais quelque iour
On ne vous verra plus douter de mon amour.

AMARILLIS.

Non, non, encor vn mot; ô Dieux! qu'il sçait bien feindre,
On diroit qu'en effect son cœur se laisse atteindre.

CLEONTE.

Il est atteint deja, cruelle, & permettez,

Puis que ma voix vous plaist, & que vous l'écoutez,
Que i'atteste le Ciel & toute la Nature,
Que vous estes l'objet du tourment que i'endure,
Si vous n'auez causé la misere où ie suis,
Si vostre occasion ne fait tous mes ennuis,
Si ie connois que vous pour objet de ma peine,
Puissay-je estre des Dieux & l'horreur, & la haine?
Et qu'aprés mille maux vne eternelle mort
Fasse endurer mon ame, & déplorer mon sort?
Mais que ie pousse en vain d'inutiles paroles;
Vous tiendrez mes sermẽs pour des sermens friuoles!
Car on dit que les Dieux imposant des tourmens,
N'en ordonnerent point aux parjures Amans.

AMARILLIS.

C'est qu'ils n'en treuuent pas d'égaux à leur offence,
Et ce poinct seulement a borné leur puissance.
Aussi quel honneste-homme a ces crimes conceus?
Mais allons au logis discourir là-dessus;
Le Soleil en ces lieux ne laisse plus d'ombrage.

CLEONTE.

Que ie reçois d'honneur!

AMARILLIS.

J'en reçois dauantage.

SCENE IV.

TYRENE seul les ayant écoutez.

Dieux auec quelle grace elle fait le transi,
La Bergere est touchee, & ie le suis aussi.
Il n'est rien de pareil à son rare merite,
Contre moy-mesme enfin, moy-mesme ie m'irrite.
Pesant ces qualitez d'vn esprit plus rassis,
I'aurois bien-tost changé mes roses en soucis,
Elle presideroit à ma flame amoureuse,
Et ma condition seroit beaucoup heureuse.
Mais que voudroit Daphné?

SCENE V.

DAPHNE', TYRENE.

DAPHNE'.

Elle n'est pas icy.

TYRENE.

Que cherchez-vous?

DAPHNE'.

Ma sœur.

TYRENE

Elle a bien du soucy.

DAPHNE'.

Et d'où luy prouient-il?

TYRENE.

D'Amour.

DAPHNE'.

Qu'elle vous porte.

TYRENE.

Non, ie ſerois bien vain de parler de la ſorte,
Car iamais vn regard, ny la moindre action,
Ne m'a fait eſperer ſon inclination.

DAPHNE'.

A qui donc?

TYRENE.

A l'objet le plus parfait du monde,
Dont l'eſprit eſt charmant, la beauté ſans ſeconde,
C'eſt à Cleonte, enfin.

DAPHNE'.

Qui vous la dit?

TYRENE.

Leur voix,
Et tous deux fraichement ils ſortent de ce bois.
Ces feüillages eſpais me cachoient à leur veuë,
Et i'ay fort clairement voſtre ſœur entenduë.

DAPHNE'.

Qu'vn jaloux a de peine, il croit tout ce qu'il craint.

TYRENE.

Vos yeux vous diront mieux ſi ſon cœur eſt atteint.
Adieu, craignez vous-meſme vne pareille peine,
Puis qu'il a bien touché cette belle inhumaine.

DAPHNE' seule.

O conseil inutile à mon cœur languissant!
On ne craint plus vn mal alors qu'on le ressent.
Cet aimable vainqueur a mon ame charmee ;
O rigoureux malheur! ma sœur en est aymee,
Et sa rare beauté me deffend d'esperer
Le fruict de le cherir, & de le reuerer.

SCENE VI.

CELIDAN, DAPHNE'.

CELIDAN la surprenant.

A *Quoy pense Daphné?*

DAPHNE'.

Ie pensois à vous-mesme.

CELIDAN.

Que ie suis redeuable à ton amour extréme,
Combien tu fais d'efforts pour vn indigne Amant?
Et que peu de ton sexe ayment si constamment.

Mille font vanité du tiltre de parjure ;
Ce nom eſt maintenant vne honorable injure,
Toutes changent ſans honte, & ta ſeule beauté
A de l'auerſion pour l'infidelité.
Mais ie ne te vois point en l'humeur ordinaire,
Et meſme dés l'abord i'ay ſemblé te déplaire.
T'importunay-je icy ?

DAPHNÉ.

Ie ne m'y tiendrois pas.

CELIDAN.

Quelque ſoucy pourtant change ces doux appas,
Tu me vois à regret, veux-tu que ie le die ?
Ie croy que ton Amour eſt vn peu refroidie.

DAPHNÉ.

Je rirois comme toy, mais vn mal de coſté.

CELIDAN.

Dy que ton humeur ſouffre, & non pas ta ſanté.
On laiſſe rarement promener les malades ;
Leurs chambres & leurs lits bornent leurs promenades,
Tu tiens les yeux baiſſez, tu parles froidement.

DAPHNE.

O le jaloux esprit!

CELIDAN.

Peut-estre iustement.

DAPHNE.

Adieu, mon mal s'accroist.

CELIDAN.

Ie te suy.

DAPHNE.

Non, demeure;
Permets-moy seulement de reposer vne heure,
Peut-estre en ce sommeil, mon mal s'appaisera.

CELIDAN.

Ie ne te quitte point.

DAPHNE.

Fay ce qu'il te plaira.

CELIDAN.

Je ne te suiuray point pour conter mon martyre.
Mais pour te garantir des aguets du Satyre,
Qui rôde effrontément tout à l'entour d'ici,
I'en ay tantost veu trois.

DAPHNE.

Je les ay veus aussi.

CELIDAN bas.

O Dieux! diuertissez les sujets de ma crainte,
Et ne trahissez pas vne amitié si sainte.

Fin du troisiesme Acte.

ACTE

ACTE IV.

SCENE PREMIERE.

DAPHNE', CLEONTE.

DAPHNE'.

Leonte a beau se plaindre, il a beau soupirer,
De son amour pourtant ie ne puis m'assurer.

CLEONTE.

Ie vous atteste, ô Dieux! Mais qu'est-il necessaire
De prouuer par sermens vne flame si claire?

DAPHNE'.

Non, non, ne iurez point, & redoutez les Dieux.

CLEONTE.

La foudre que ie crains est celle de vos yeux.

DAPHNE.

Ie ſçay que ſur ce front des paſſions ſont peintes,
Et ie connois par fois que vous pouſſez des pleintes.
Si ie croy vos diſcours, vous eſtes tout de feu.
Enfin, vous feignez bien, ou vous aymez vn peu.
Mais vous me repaiſſez d'vn eſpoir inutile.
Vous n'en aymez pas vne, où vous en aimez mille.
Vous tenez à ma ſœur de ſemblables diſcours.
Ie vous ay veu moy-meſme implorer ſon ſecours.

CLEONTE.

Si ma voix parle bien, mes regards parlent mieux,
Ou vous entendez mal le langage des yeux.
Luy iurant que ie ſens des ardeurs ſi parfaites,
Mon œil vous dit-il pas que c'eſt vous qui les faites?
Alors qu'on ayme bien, ſouffre-t'on des témoins?
Craindrois-je qu'on nous viſt, ſi ie vous aimois moins?
Non, ie ne tiendrois pas mon amour ſi ſecrette,
Et ie vous traiterois ainſi que ie la traite.

CELIDAN caché auec Philidas.

Dieux! qu'eſt-ce que i'entends?

PHILIDAS.

Vos affaires vont mal.

CELIDAN.

Prepare-toy mon bras, à punir ce riual.

DAPHNE'.

Cleonte, les effects prouueront vos promesses;
Faites-luy cependant vn peu moins de caresses;
Si vous l'aymez si peu, ne luy parlez point tant,
Elle a des qualitez à faire vn inconstant.
Toute froide qu'elle est, ie sçay qu'elle vous prise,
Et ne craindroit pas fort de me rauir ma prise.
Adieu.

CLEONTE.

Ie vous conduits.

DAPHNE'.

Non, retournez chez vous,
Ne faisons point d'ombrage à cet esprit jaloux.

CLEONTE.

Ie vous obey donc.

CELIDAN.

Dieux qui l'eust iugé d'elle!

DAPHNE' s'en allant.

C'est me bien obeyr, que de m'estre fidelle.

CLEONTE.

Ah Daphné! ie renonce au bien de la clarté,
Si rien est comparable à ma fidelité.

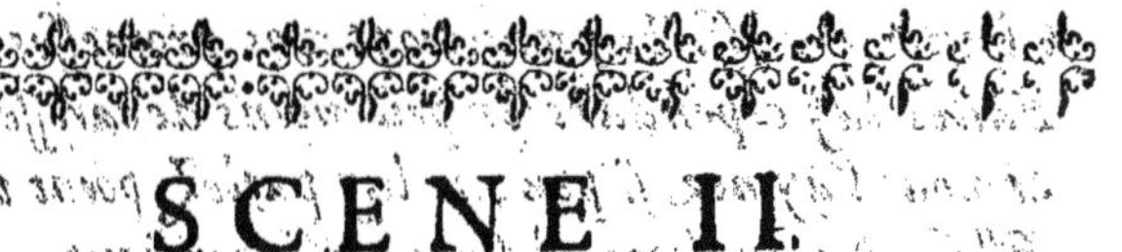

SCENE II.

CELIDAN, CLEONTE, PHILIDAS.

CELIDAN.

Fais-en voir vne preuue en montrant ton courage,
Mets l'épee à la main.

CLEONTE.

Quoy deux? pas dauantage?
Contre Cleonte seul vous n'estes pas assez.

PHILIDAS.

Arreste, Celidan, nous sommes offencez,
Et prendre vn Caualier auec cet auantage,
Ce seroit laschement repousser vn outrage.
Il nous en faut vser auec moins de rigueur:
Son frere a témoigné qu'il est homme de cœur,
Il s'en pourra seruir, & le moindre interuale
Fera voir entre nous vne partie égale.

CELIDAN.

Il faut, ô Philidas, qu'il meure de ma main.

PHILIDAS.

Cela peut arriuer, mais ce ſera demain,
Car vn tiers tel que moy ne vous peut laiſſer batre.

CLEONTE.

I'ay par fois déguainé contre deux, contre quatre;
I'ay donné, i'ay paré d'aſſez dangereux coups,
Non pas auec des gens ſi genereux que vous.

CELIDAN.

Que dis-tu, Philidas, de cette humeur altiere?

PHILIDAS.

Il paroiſt aßez fier, & ne s'ébranle guere.

CELIDAN.

Il ſe mocque, il ſe iouë, il ſe rit, Philidas.

CLEONTE.

Ie me ris, ie me iouë en faiſant des combas.

CELIDAN.

O le vaillant guerrier!

CLEONTE.

Ouy vaillant, mais modeste.

CELIDAN.

Cherche vn de tes Amis, nous ferons ce qui reste.

CLEONTE.

Vostre temerité s'appreste vn chastiment;
Je ne tire iamais ce fer impunément.

CELIDAN.

Ne te vante pas tant, si tu veux qu'on te croye.

CLEONTE.

Lors que i'entre en couroux, ie destruis, ie foudroye;
Tu devrois à genoux me demander pardon.

CELIDAN.

Est-il donc insensé? parle-t'il tout de bon?

PHILIDAS.

Ce sont traits d'vne humeur audacieuse & vaine.

CLEONTE.

Enfin c'est trop railler, & vous laisser en peine;
Ie sçay quelle raison excite ce couroux;
C'est l'effet, Celidan, de vos soupçons jaloux.
Daphne charme vostre ame, & sçachant qu'elle m'aime,
Croyez que ie responds à son amour extréme,
Mais qu'on me traite ainsi qu'vn lasche suborneur,
Cõme vn hõme sans foy, sans cœur, & sans honneur,
Si deuant que la nuict demain vienne à parestre...

PHILIDAS.

Le terme n'est pas long.

CLEONTE.

Ie ne vous fais connoistre
Que pour vostre interest nous auons gouuerné
L'esprit d'Amarillis, & celuy de Daphné.

PHILIDAS.

Comment à toutes deux vous contez des fleurettes?

CLEONTE.

Ouy à toutes les deux, pour des raisons secrettes.

PHILIDAS.

Comment à toutes deux?

CLEONTE.

Vous vous troublez de rien,
Il est vray, Philidas, mais c'est pour vostre bien.

PHILIDAS.

Ah! Celidan, i'ay peine à souffrir cet outrage.

CELIDAN.

Lors que ie m'emportois tu t'es montré si sage.

CLEONTE.

Mais qu'apprehendez vous; mettez les armes bas,
Vous deussiez souhaiter de la voir dans mes bras,
Vous benirez bien-tost mes soins & mon adresse,
Lors que vous receurez l'effect de mes promesses,
De ce mal apparent le bien vous sera doux,
En trauaillant pour moy ie trauaille pour vous.

PHILIDAS.

Ie ne puis rien comprendre en cet obscur langage.

CLEONTE.

Vous me dispenserez d'en dire dauantage.
Si vous les possedez serez-vous satisfaits,
Rien ne peut diuertir le dessein que i'en fais,
Vous serez obligez à ces heureuses feintes,
Et les remercimens succederont aux plaintes.
J'auray mis du remede à nos communs ennuis;
Vous loüerez mon esprit, & sçaurez qui ie suis,
Vostre mal & le mien également me touche,
La peur ne me met point ce discours en la bouche,
Si dans peu les effects ne surpassent vos vœux,
Vnissez vos efforts, & m'attaquez tous deux.

PHILIDAS.

Qu'en dis-tu, Celidan, le pouuons-nous bien croire?

CELIDAN.

A garder sa parole, il aura de la gloire;
Et s'il auient aussi qu'il ne la garde pas,
Il pourra rencontrer sa honte & son trépas.

CLEONTE.

I'accepte l'vn & l'autre en cas de perfidie.
Mais ne doutez tous deux de rien que ie vous die.

SCENE III.

CLEONTE, TYRENE.

CLEONTE.

AH! comme tout succede à mon ardant desir,
Peut-on faire vne intrigue auec plus de plaisir?
Ah! Tyrene, tu vois vn homme de courage,
Qui pour tes interests dans les duels s'engage,
Et peu s'en est fallu que deux Amans jaloux
Ne soient venus sur moy des injures aux coups,
Tu deuois te haster, tu m'aurois secondee.

TYRENE.

Et la querelle enfin?

CLEONTE.

Nous l'auons accordee.
Admire mon esprit, reconnois mon pouuoir,
Ce n'est qu'vn en ces lieux que m'aimer & me voir,
Ie fay mille jaloux, & toutes vos Maitresses
Sont prodigues pour moy, de vœux & de caresses,
Les esprits les plus froids se sont laissez dompter,

Tyrene eſt bien heureux, s'il s'en peut exempter.

TYRENE.

Ie le cede, Beliſe, à ton merite extréme.
Et crois que tu ſçay mieux mon meſtier que moy-meſme.
Tu traites mieux l'Amour auec moins de ſouci;
Mais Amarillis vient, ſa ſœur la ſuit auſſi.

CLEONTE.

Adieu.

TYRENE.

Quoy? tu les crains, Dieux que de retenuë!

CLEONTE.

Cette regle d'amour t'eſt encore inconnuë.
Ie trompe l'vne & l'autre, & toutes deux m'aimant,
Ie dois à toutes deux parler ſeparément.

SCENE IV.

DAPHNE', AMARILLIS.

DAPHNE'.

Vous ne méprisez plus l'amour ny son enfance,
Ie ne vous entens plus deffier sa puissance.
Vous aymez à resver, ce visage est changé,
Je m'abuse, ma sœur, où l'Amour s'est vangé;
Et ne se fiant pas au pouuoir de ses charmes,
Cleonte son second a pris pour luy les armes.

AMARILLIS.

Je ne vous entens plus estimer vos liens,
Celidan n'a plus part en tous vos entretiens,
Vostre humeur chaque iour deuient plus solitaire,
Ie m'abuse ma sœur, où cette amour s'altere,
Et l'humeur de Cleonte a de certains appas,
Qui, si vous l'auoüez, ne vous déplaisent pas.

DAPHNE'.

Il plaist à tout le monde.

AMARILLIS.

Il faut donc qu'il me plaise.

DAPHNE.

Mais ne craignez-vous plus ce tyran de nostre aise,
Cet aueugle Demon, ce poison des esprits,
Dont les fausses douceurs vous estoient à mépris?

AMARILLIS.

Le craignez-vous, ma sœur?

DAPHNE.

I'ay franchy cet orage.

AMARILLIS.

Pour le franchir de mesme ay-je moins de courage?
Dois-je auoir en horreur ce que vous approuuez?
Et ne pourray-je pas tout ce que vous pouuez?

DAPHNE.

Pourquoy donc mille Amãs, qui vous ont tant aimee
N'ont-ils rien profite?

AMARILLIS.

Vous m'en auez blâmee,

*Vous me peigniez l'Amour plein d'appas & d'at-
trais,*
Ie vous croy maintenant, & ie cede à ses trais.

DAPHNE.

Ainsi Cleonte enfin a vostre ame touchee,
Son merite vous plaist?

AMARILLIS.

En estes-vous fâchee?
Au moins ce choix est iuste, & mon cœur enflamé
N'en quitte point vn autre, apres l'auoir aymé.
Ie n'ay point d'autre Amant dont la flame fidelle
De ma premiere amour doiue estre le modelle,
Ie n'ay point engagé mes inclinations,
Le choix est libre encor à mes affections.

DAPHNE.

I'approuue ce dessein, & pense que vostre ame
Ne se peut ennuyer d'vne si belle flame,
I'estime comme vous ses rares qualitez.

AMARILLIS.

Vous les estimez tant, que vous les ressentez.

DAPHNE'.

Non pas fort.

AMARILLIS.

Plus que moy.

DAPHNE'.

I'aurois beaucoup d'affaires.

AMARILLIS.

Vous en auez aussi plus que les ordinaires,
Vous considerez trop toutes mes actions,
Et vous m'importunez de trop de questions,
Pourquoy m'espiez-vous?

DAPHNE'.

O la folle creance!
Voyez combien l'Amour cause de deffiance,
Mais ne vous plaignez point, ie vous laisse en ce lieu.
Et ne vous suiuray plus.

AMARILLIS.

Vous m'obligez. Adieu.
Estant seule.
Elle a beau se contraindre, on void en son visage
De sa nouuelle flame vn trop clair tesmoignage,

Depuis que cet Amant s'eſt fait voir en ces lieux,
Celidan l'importune, & deſplaiſt à ſes yeux,
Elle ne peut cacher le ſoucy qui la touche,
Son cœur à tous momens eſt trahi par ſa bouche,
Et tant de queſtions font aſſez preſumer
Le déplaiſir qu'elle a de me le voir aymer.

SCENE V.

CLEONTE, AMARILLIS.

QVe ce teint eſt changé! quelle douleur vous preſſe?
Dieux! qu'eſt-ce que ie voy?

AMARILLIS.

Vous cauſez ma triſteſſe.

CLEONTE.

Quoy? vous ſuis-je importun?

AMARILLIS.

Voſtre ciuilité
Ne peut iamais paſſer pour importunité,

Et l'on

Et l'on ſouhaite plus, qu'on ne hait, vos viſites,
Depuis qu'on a conneu de vos rares merites.

CLEONTE.

Bergere, épargnez-moy, puiſque les complimens
Doiuent eſtre bannis d'entre les vrais Amans.
Ma ſeule affection vous eſt conſiderable,
Et le moindre merite eſt au mien preferable;
Ie connois mes deffauts; pour me bien eſtimer
Auoüez ſeulement que ie ſçay bien aymer.
I'ay peu de vanité, mais au ſoin de vous plaire
Il faut que tout me cede, & que tout me deffere.

AMARILLIS.

Vous promettez beaucoup.

CLEONTE.

Ie fais encore plus,
Mais tenez pour ſuſpects ces propos ſuperflus.
Doutez ſi ie vous ayme! ordonnez à mon ame
De prouuer à vos yeux cette immortelle flame.
Quel effect de valeur vous en peut aſſeurer?
Baiſeray-je vos pas? vous faut-il adorer?
M'ouuriray-je le ſein? ſçauez-vous quelque ſigne
Qui prouuaſt mieux encor ma paſſion inſigne?
I'atteſterois en vain les hommes & les Dieux,
Je ne deſire point de témoins que vos yeux.

AMARILLIS.

J'en veux pourtant auoir vn autre témoignage,
A quelques pas d'icy dans vn sacré boccage,
Où luit auec respect le clair flambeau du iour,
Est la fontaine enfin des veritez d'amour.
Là de ce puißant Dieu les decrets equitables
D'vne soudaine mort punissent les coupables,
Ie croy qu'Amarillis y conduisant vos pas,
Aprés tant de sermens, ne vous expose pas.

CLEONTE.

Si la fidelité se fait voir dans cette onde,
La mienne y paroistra la plus belle du monde,
Iusqu'à l'heureux moment de l'assignation,
Accordez quelque gage à mon affection,
Ce bracelet me charme, oseray-je le prendre?
Ce soir au rendez-vous ie promets de le rendre.

AMARILLIS.

Vous me le rendrez donc?

CLEONTE.

Faueur digne d'vn Dieu,
Ie n'y manqueray pas.

AMARILLIS.

Ie vous en prie.

CLEONTE.

Adieu.
La Bergere qui vient est à mon autre Amante.

SCENE VI.

CLIMANTE, CLEONTE.

CLIMANTE.

IE vous cherchois par tout.

CLEONTE.

Que me voudroit Climante?

CLIMANTE.

Vous donner cette Lettre.

Lettre de Daphné à Cleonte.

CLEONTE lit.

CLeonte, si tu veux me plaire extremement,
Accorde moy ce iour le bien de ta presence,
Ma priere t'oblige à cette complaisance,
Ie veux t'entretenir vne heure seulement.

I'iray me rendre seule au bord de la fontaine
Afin de m'asseurer de ton affection;
Là, si comme mes feux ton amour est certaine,
Tu me la preuueras par ta discretion.

DAPHNE,

Il continuë.

Adieu, ie l'iray voir.

CLIMANTE.

Il faudroit que ce fust à sept heures du soir,
Comme entre chien & loup, enuiron sur la brune.
Mais ne negligez pas vostre bonne fortune;
Bien que vous soyez ieune, auec beaucoup d'appas,
On void de vos pareils qui pourtant n'en ont pas.
Enfin, dans ce bonheur soyez discret, fidelle,
Et couurez bien sur tout l'honneur de cette belle.
Prenez bien garde à tout.

CLEONTE.

Ie n'y manqueray point.

CLIMANTE.

Soyez, ainsi qu'heureux, discret au dernier poinct.

CLEONTE.

Qu'vn facile moyen a leur ame abusée!
Que toucher vne fille est vne chose aisée!
Et qu'vn Amant bien fait a peu d'inuention
Quand il n'attire pas son inclination.
Si iamais i'eus suiet d'accuser la Nature,
Estant ce que ie suis, c'est en cette auenture.

Ie suis leur seul espoir, & leur vnique bien.
Ie leur promets beaucoup, & ne puis donner rien.

SCENE VII.

LES TROIS SATYRES.

2. Satyre.

IE pense qu'vn Demon les cache à nostre veuë,
Et quand nous les voyons les couure d'vne nuë.

3. Satyre.

N'importe, Tyresie a dit que ie suis né
Pour prendre Amarillis.

1. Satyre.

Moy pour prendre Daphné.

2. Satyre.

Et moy, quelque Prophete aussi grand que le vostre,
Dit que i'auray le bien d'employer l'vne & l'autre.
Seul ie les rangeray sous l'amoureuse loy.

1. Satyre.

Tout beau, c'est vn peu trop.

2. Satyre.

Ce n'est pas trop pour moy.

3. Satyre.

Mais garde Philidas, ce fol melancolique,
Qui frape cõme vn sourd, & les coups qu'il applique
Sont de poids d'ordinaire, & fracassent les os.

2. Satyre.

Ce peril n'est pas grand pour vn homme dispos.

1. Satyre.

Déja plus d'vn Satyre en est sur la litiere.

2. Satyre.

Ayant trois pas d'auance, on ne le craindroit guere.

1. Satyre.

Mais il lance le dard plus de cinquante pas.

2. Satyre.

A luy seruir de but ie ne m'expose pas.

1. Satyre.

Tu crains peu Celidan, & les cailloux qu'il iette.

2. Satyre.

I'ayme peu ses cailloux, i'ayme peu sa houlette.
Mais s'il dormoit bien fort, apres vn bon repas,
En enleuant Daphné, ie ne le craindrois pas.

1. Satyre.

Ah! qu'il est dangereux pour les gens qui sommeillent.

2. Satyre.

Ah! qu'il est redoutable à ceux qui se réueillent.

1. Satyre.

L'autre iour vn Berger te fit gaigner le haut.

2. Satyre.

L'autre iour vn Bouuier t'époudra comme il faut.

3. Satyre.

Treue à tous ces discours, quitons la raillerie,
Et sur nostre dessein raisonnons ie vous prie.
Celles que nous suiuons iront voir en ce iour
La fontaine qui rend les veritez d'amour.

Coupons adroitement le chemin qu'elles prennent,
Elles s'écarteront des Bergers qui les meinent,
Lors nous prendrons le temps pour les aller saisir,
Et puis apres cela nous aurons du plaisir.

2. Satyre.

Mais éguisons nos doigts, mais affilons nos pouces,
Moy sur mon instrument, vous sur vos flustes douces.

Fin du quatriesmẽ Acte.

ACTE

ACTE V.

SCENE PREMIERE.

CELIDAN seul.

C'Est bien manquer, & meriter son mal
Que s'attẽdre en amour à son propre riual!
Qu'il me rende les vœux d'vne ingrate Maitresse
Me les ayant ostez? ô la vaine promesse!
Il est adoré d'elle, & son intention
Est d'arriuer par feinte à sa possession.
Et puis apres l'honneur de cette iouyssance
Abandonner ces lieux, & vanter sa puissance,
Mais qu'il craigne l'effect de mon iuste couroux,
Et qu'il n'irrite pas vn amoureux jaloux.
Le voila qui sous-rit, puis change de visage.
Hé bien qu'auez-vous fait? auãcez-vous l'ouurage?

SCENE II.

CLEONTE, CELIDAN.

CLEONTE.

IE fais tous mes efforts, mais ie trauaille en vain,
Elle demeure ferme en son premier dessein,
Ie blasme son humeur, i'excite sa colere,
Et par tous ces moyens, ie ne luy puis déplaire,
Ie vous plains de seruir cette ingrate beauté,
Pour moy sont les faueurs, & pour vous la fierté.

CELIDAN.

Ie ne puis plus aussi differer le supplice
Que mon iuste couroux doit à ton artifice.
Par ton inuention mes vœux sont méprisez,
Traistre, tu plains mes maux, & tu les as causez?

CLEONTE.

Ne vous hastez pas tant, vous entrez en furie,
Ce que ie vous ay dit, n'est qu'vne raillerie,
Vous estes plus heureux que vous ne pensez pas,
Pour me remercier, mettez les armes bas,

C'est tenir trop long-temps vostre esprit en balance.
Ie connois vostre amour, i'en sçay la violence,
Et veux que vous deuiez à ma compassion
Le fruit que vous aurez de vostre affection.

Montrant la lettre.

Voyez ce qu'en deux mots m'ordonne cette Belle,
Et receuez de moy ce que i'ay receu d'elle.
Allez la voir ce soir, montrez-luy cet escrit,
Dites qu'vn prompt effect a changé mon esprit,
Qu'elle a tort de me croire, & de se rien promettre.
Que moy-mesme en vos mains i'ay remis cette lettre.
Iurez luy que ie ris de ses vœux superflus,
Ie confesseray tout, quand vous en direz plus.
Iugez apres cela si Cleonte vous ayme,
Et si ie vous sers mieux que ie ne fais moy-mesme.

CELIDAN.

Que ie lise ces mots. Il lit tout bas, ayant leu il dit.

L'infidelle beauté
Sans doute ie vous doy le bien de la clarté,
Et ie suis tout confus d'auoir eu la pensée
Que ma fidele amour fust par vous trauersée;
Ie ne sçaurois payer vn si rare plaisir.

CLEONTE.

Allez, il en faudra parler plus à loisir,

Il faut que Philidas apres vn long martyre
Arriue par mes soins à l'hymen qu'il desire ;
I'ay fait à cet Amant esperer du repos,
Il le merite bien. Mais il vient à propos.

SCENE III.

PHILIDAS. CLEONTE.

PHILIDAS.

ENfin sans m'abuser d'inutiles paroles,
Flatez vous pas mon mal d'esperances friuoles?
Amarillis veut-elle appreuuer mes douleurs ?
Et prendre enfin pitié de voir couler mes pleurs ?

CLEONTE.

Vous pouuez esperer puisque tout vous succede,
Et qu'on a pour vos maux preparé du remede,
I'ay disposé son cœur à n'estimer que vous.
Vous causez maintenant ses pensers les plus doux,
Et vous verrez ce soir l'effect de ma promesse,
Si l'Amour vous permet assez de hardiesse.

PHILIDAS.

Pour seruir cette Belle il n'est point de danger
Où mon affection ne me fist engager;
Et les chastes ardeurs dont i'ay l'ame enflammee,
Disposeroient ce bras à combatre vn armee.

CLEONTE.

La voyant au milieu des Lyons, & des Ours,
Pourriez-vous l'en tirer, & conseruer ses iours?

PHILIDAS.

J'employrois mes efforts, & ie vaincrois leur rage,
Si la force & l'adresse égaloient mon courage.

CLEONTE.

Et si vous la voyez dans vn brazier ardent?

PHILIDAS.

Je m'irois exposer à cet autre accident.

CLEONTE.

Il est besoin de plus.

PHILIDAS.

De rien que ie ne fisse,

Pour elle ie voudrois franchir vn precipice.
Mais ne me celez rien, & m'ostez de soucy.

CLEONTE.

Amarillis ce soir vous attend seule icy,
Cette rare beauté cherit vostre seruage,
Et le soing que i'ay pris vous procure ce gage.

luy donnant le bracelet.

Amenez seulement à l'assignation
L'Amour, la retenue, & la discretion.

PHILIDAS.

O Dieux que dites-vous?

CLEONTE.

Que ie tiens ma promesse,
Seruez fidellement cette belle Maitresse.
Adieu, viuez content, & gardez ces cheueux.

Il s'en va.

PHILIDAS.

Si mon bonheur n'est faux, que ie vous doy de vœux!
Auoir tant obtenu de cette ame de roche;
Mais déia la soiree, & mon repos approche,
Attendant le bonheur de receuoir ses Loix
Allons resver vne heure au profond de ce bois.

SCENE IV.

AMARILLIS seule.

LE Ciel laiße à nos yeux paroiſtre ſes Eſtoiles,
Et la Nuit ſur la Terre a déployé ſes voiles;
Il eſt déja bien tard, & mon fidel Amant
Pour marquer ſon amour viendra dans vn moment.
Dans ce miroir flotant, dedans cette fontaine,
Ie verray ſon image à coſté de la mienne.
Là nos yeux, à nos yeux des trais ſe lanceront,
Mes timides regards ſans peur s'expliqueront,
Ie pourray ſans parler luy dire que ie l'ayme,
Ces eaux m'exempteront de luy dire moy-meſme,
Cette onde luy peignant l'excez de mon ardeur,
Ne fera point de tort à ma chaſte pudeur.

SCENE V.

LES TROIS SATYRES. AMARILLIS.

1. Satyre.

APres tant de trauaux il faut faire curee;
Courage, Amy, voicy nostre poule égarée.

AMARILLIS.

Infames laißez moy?

2. Satyre.

Nous ne vous laissons pas.

1. Satyre.

Vous auez beau crier, vous paßerez le pas.

AMARILLIS.

Au secours mes Amis? on m'enleue? on m'emporte?

3. Satyre.

Allons il faut venir.

AMARILLIS.

Ah bons Dieux! ie suis morte.

1. Satyre.

Ah vous n'en mourrez pas, suiuez-nous prõptement.

SCENE

SCENE VI.

PHILIDAS. LES SATYRES. AMARILLIS.

PHILIDAS.

Bouquins ie suis à vous? attendez seulement?
Vous mourrez de ma main, ou vous lâcherés prise

2. Satyre.

Diable de ce grand coup i'ay la hanche démise.

PHILIDAS.

Quoy? vous me resistez?

1. Satyre.

Peste qu'il frappe fort.

3. Satyre.

Il se faut retirer.

1. Satyre.

Ha bons Dieux ie suis mort?

PHILIDAS.

Sans moy, belle Bergere, ils vous auoient rauie.

AMARILLIS.

I'auouë, ô Philidas, que ie vous doy la vie.
Mais quel si grand bonheur guidant icy vos pas
M'a presté ce secours que ie n'attendois pas?

PHILIDAS.

C'est l'effet seulement de mon obeissance,
Et vous ne m'en deuez nulle reconnoissance.
Mais que iugerez vous de mon affection
M'estant treuué si tard à l'assignation?

AMARILLIS.

Quelle assignation?

PHILIDAS.

Vous semblez estonnee
A l'assignation que vous m'auez donnee.

AMARILLIS.

Moy ie vous ay donné quelque assignation?

PHILIDAS.

Et d'où vous peut venir cette confusion?

AMARILLIS.

Quoy ie vous attendois?

PHILIDAS.

La chose est tres-certaine.

AMARILLIS.

En quel endroit encor?

PHILIDAS.

Au bord de la fontaine.
Soyez vn peu sensible aux rigueurs de mon sort,
Vous connoissez Cleonte, il m'a fait ce rapport.

AMARILLIS.

Et que vous a-t'il dit?

PHILIDAS.

Qu'à la fin mon martyre
Vous auoit disposée à l'Hymen où i'aspire.

AMARILLIS.

Vous croyez, Philidas, vn peu legerement,
Ie ne l'ay point chargé de ce commandement,
L'amour ne permet pas à vostre resverie
De discerner le vray, d'auec la raillerie,
Cleonte vous gaussoit.

PHILIDAS.

Ces cheueux toutesfois
Me doiuent confirmer le rapport de sa voix,

Il a receu pour moy ce fauorable gage
Par qui vous témoignez de cherir mon seruage.

AMARILLIS.

Donnez que ie le voye.

PHILIDAS.

Il vient de vous.

AMARILLIS.

O Dieux!
Dois-je auoüer icy mon oreille, & mes yeux?

PHILIDAS.

D'où naissent vos soupirs & vostre inquietude?

AMARILLIS.

Est-il vn crime égal à ton ingratitude?
Traistre? lâche Tyran de mes affections,
Tu reconnois ainsi mes chastes passions?
Barbare? indigne objet du sejour où nous sommes?
Peste de l'Vniuers? le plus méchant des hommes!

PHILIDAS.

O Dieux! qui rend ainsi vostre esprit furieux?
Pourquoy me donnez vous ces noms iniurieux?

AMARILLIS.

Ie ne vous parle pas, i'adresse ces iniures
Au pire des mortels, au plus grand des pariures;

Qui meritoit le moins l'honneur de mon amour,
Et le plus beau pourtant qui respire le iour.

SCENE VII.

CLEONTE, TYRENE, AMARILLIS. PHILIDAS.

CLEONTE.

TV n'en peux plus douter, entens d'icy sa pleinte,
Et loüe auecque moy cette agreable feinte.

AMARILLIS.

Quelle rage est pareille à mon ressentiment?
Et qui me vangera de ce perfide Amant?
Si vous seruez, Berger, mon amour outragee,
Et si par vostre bras ie puis estre vangee,
Vous ne poussèrez plus d'inutiles soupirs,
Mon inclination se range à vos desirs;
Vn hymen bien-heureux terminera vos pleintes,
Si comme ses ardeurs les vostres ne sont feintes,
Percez ce lâche sein que ie n'ay sceu blesser.

CLEONTE venant à elle.

Il m'obligeroit fort s'il s'en pouuoit passer.

AMARILLIS,

Quoy tu parois encor, deteſtable parjure ?
Et tu n'eſperes pas qu'on venge mon injure ?

CLEONTE.

Vous m'accuſez à tort, adorable beauté,
Tyrene répondra de ma fidelité,
Il eſt l'vnique objet de l'ardeur qui m'enflame,
Il poſſede tout ſeul & mon cœur, & mon ame.
Nos deſtins ſont vnis par vn meſme lien,
Et ſi quelqu'vn m'attaque, il deffendra ſon bien.

AMARILLIS.

A-t'il perdu le ſens ?

CLEONTE.

Ouy, car i'ayme vn volage,
Qui trahiſſoit pour vous vne foy qui l'engage,
Mais il reſſent enfin ſa premiere amitié.

AMARILLIS.

Dieux qu'il eſt inſenſé ! croit-il eſtre Bergere ?

CLEONTE.

Jugez-le par ce ſein.

AMARILLIS.

O merueilleux mystere !
Qu'vne agreable feinte a nos yeux abusez !
I'excuse maintenant si vous me méprisez.

PHILIDAS.

O Dieux qui l'eust pensé !

CLEONTE.

Pour bannir ma tristeße ;
I'ay voulu dans ces lieux éprouuer mon adreße,
Et Tyrene doutoit sçachant vostre rigueur,
Que i'euße aßez d'attraits pour toucher vostre cœur.
Par diuertissement i'entrepris cette feinte,
Aduoüez, sans rougir, que vous estiez atteinte.
Mais quels sont vos desirs, ie ne puis rien pour vous,
Philidas vous promet des passe-temps plus doux,
Et par le doux lien d'vne ardeur mutuelle
Vous deuez reconnoistre vn Amant si fidelle.

AMARILLIS.

Ie reçoy, Philidas, vostre cœur de sa main,
Vous n'accuserez plus ny rigueur, ny dédain,

Me voila disposee à vous rendre iustice,
Et vous deuez ce bien à ce doux artifice.
Adieu, retirons-nous, & viuons tous contens.

CLEONTE.

Il faut encor iouyr d'vn autre passe-temps.
Aimable Amarillis, si i'ay sceu vous surprendre
De mes ruses Daphné n'a pas sceu se defendre,
Il faut l'aller chercher.

SCENE VIII.

DAPHNE' seule.

Ma sœur est endormie,
Et ie puis maintenant tromper cette ennemie,
Cleonte en cet instant se viendra rendre icy,
Afin de me conter son amoureux soucy.
I'entends du bruit, c'est luy.

SCENE

SCENE IX.

CELIDAN, DAPHNE.

CELIDAN.

I'apperçoy cette Belle.

DAPHNE.

Cher Cleonte, est-ce vous?

CELIDAN.

Et vous m'estes fidelle,
Ie plais seul à vos yeux, vous m'aimez constãment?
Et ma jalouse humeur n'a point de fondement?

DAPHNE.

O Dieux c'est Celidan!

CELIDAN.

Cleonte vient, méchante,
Afin de vous conter son amour violente,
Et pour vous diuertir i'ay deuancé ses pas,
Vous le verrez bien-tost, ne vous ennuyez pas.

DAPHNE.

Que dit cet insensé ?

CELIDAN.

Faut-il que ie le die,
Le Ciel, ame sans foy, punit ta perfidie,
Cleonte s'est mocqué, ce vainqueur glorieux
Te fait seruir de fable aux Amans de ces lieux,
Il rit de tes faueurs, méprise tes caresses,
Et ne te daigne mettre au rang de ses Maitresses ?
Le superbe qu'il est ne considere pas
Entre tant de beautez, de si foibles appas,
Il te plaint en son cœur quand tu crois qu'il t'adore,
Voy cette Lettre.

DAPHNE.

O Dieux !

CELIDAN.

Et tu m'aimes encore ?
Ie me plaignois à tort, la constante beauté !
O miracle d'amour & de fidelité !

DAPHNE.

Il t'a donné la Lettre ?

CELIDAN.

Ouy, luy mesme, & ie iure,
L'esclat de tes beaux yeux qui m'ot fait cette iniure,
Et pensant obliger ma chaste affection
Il m'enuoye à sa place à l'assignation.
Fais estat maintenant du beau nœud qui t'arreste,
Voy s'il t'est glorieux de vanter ta conqueste,
Je l'apperçoy qui vient.

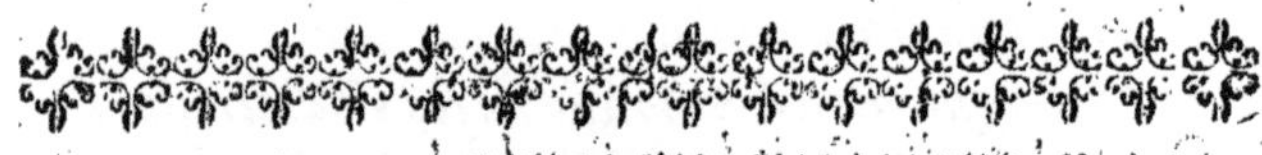

SCENE DERNIERE.

DAPHNE', CLEONTE, CELIDAN, TYRENE. PHILIDAS, AMARILLIS, LISIMENE, CLIMANTE.

DAPHNE'.

Que i'arrache son cœur,
Et que ie foule aux pieds ce superbe vainqueur.

CLEONTE.

Qu'est-ce que voulez vous?

DAPHNE'.

Ce que ie veux, infame?
Laissez, donnez ce fer, ou m'en arrachez l'Ame,
Mon affront vous plaist-il, & me déniez-vous
Le moyen d'alleger vn si iuste courroux?

CLEONTE.

Quoy vous ? est-ce vn affront que mon indifference ?
Qu'est-ce qu'vn inconnu doit à vostre esperance ?
Doy-je aimer à la fois mille ieunes beautez
Dont mes yeux sans dessein forcent les libertez ?
Esperez-vous l'effect de mes vaines promesses ?
Voulez-vous qu'vn seul homme épouse cent Maitresses ?

TYRENE.

Dieux ! quelle sçait bien feindre !

AMARILLIS.

Ah ma sœur ! c'est assez,
A voir de vains discours vos desirs trauersez,
Cleonte vous adore, & quoy qu'il dissimule,
L'effet vous prouuera le beau feu qui le brûle ;
L'honneur de vos baisers est son bien le plus doux,
Et cette mesme nuict il couche auecque vous.

DAPHNE.

Ce qui vous seroit bon, ne l'offrez point à d'autres,
Et ne preferez point mes interests aux vostres.

AMARILLIS.

Quoy vos feux sont esteints ? & vos fers sont vsez ?

Ie l'accepteray donc si vous le refusez ;
çà prenons cent baisers sur cette belle bouche,
Ie suis à vous, Cleonte, & vous offre ma couche.

DAPHNÉ.

Elle a perdu l'esprit ! Dieux qu'est-ce que i'entends ?

AMARILLIS.

Je parle tout de bon.

TYRENE.

O le doux passe-temps !

CLEONTE.

Madame, i'ayme aussi cette rare merueille,
Et pour vos deux beautez mon ardeur est pareille,
Vous deuez toutes deux accorder à mes maux
De pareilles faueurs, & des plaisirs égaux.

DAPHNÉ.

Que dit cet insensé ?

LISIMENE.

Dites cette insensee,
Reconnoissez l'erreur dont vostre ame est blessee,
Ce caualier est fille, & ce soir mesmement
Pourroit auecque vous coucher innocemment.

DAPHNE.

O Dieux! ie doute icy si ie voy la lumiere?

AMARILLIS.

Il se faut consoler, i'ay failli la premiere,
Pour le mesme que vous nous l'auons estimé;
Certes vn tel Amant pouuoit bien estre aymé;
Vne faute si belle est toujours pardonnable.

DAPHNE.

Ie suis toute confuse! ô l'erreur agreable!
Excuse, Celidan, mon infidelité,
Ou bien de cette offence accuse sa beauté.

CELIDAN.

Ie rentre en ma prison sans en auoir de honte.

TYRENE.

Pour moy tous mes desseins retournent à Cleonte,
Ie ne troubleray plus vostre contentement;
Ie ne passeray plus pour importun Amant;
Mon cœur a pour Belise vne ardeur sans pareille,
Me pardonnez vous pas, adorable merueille?
Nos parens la dessus nous donneront conseil.

LISIMENE.

Et bien eſperiez-vous vn changement pareil ?

PHILIDAS.

Ie vanteray par tout voſtre feinte agreable.

CELIDAN.

Lignon n'en a point veu qui luy ſoit comparable.

TYRENE.

Puiſque ce doux effet nous comble de plaiſirs,
Et que noſtre bonheur eſgale nos deſirs.
Afin de couronner tant d'amoureux miſteres,
Il faut heureux Bergers, il faut belles Bergeres,
Sur les Autels d'hymen demain au poinct du iour,
De cet euenement rendre grace à l'amour.

Fin du cinquieſme Acte.

Extraict du Priuilege du Roy.

PAR grace & priuilege du Roy donné à Roye, en datte du dernier Septembre, 1636. Et Signé, Par le Roy en son Conseil, De Monceaux. Il est permis à Antoine de Sommauille Marchand Libraire à Paris, d'imprimer ou faire imprimer, vendre & distribuer vne piece de Theatre, de la composition du Sieur *De Rotrou*, intitulée *La Celimene*, durant le temps & espace de sept ans, à compter du iour qu'elle sera acheuée d'imprimer. Et defenses sont faites à tous Imprimeurs, Libraires & autres, de contrefaire ladite piece, ny en vendre ou exposer en vente de contrefaite, à peine de trois mil liures d'amende, & de tous ses despens, dommages & interests, ainsi qu'il est plus amplement porté par lesdites Lettres, qui sont en vertu du present extrait tenuës pour bien & deuëment signifiees, à ce qu'aucun n'en pretende cause d'ignorance.

Ledit Sommauille a associé au Priuilege cy-dessus Augustin Courbé, aussi Marchand Libraire, pour moitié, suiuant l'accord à cet effet fait entr'eux.

Acheué d'imprimer pour la premiere fois le 10. Mars 1653.

Les Exemplaires ont esté fournis.

www.ingramcontent.com/pod-product-compliance
Ingram Content Group UK Ltd.
Pitfield, Milton Keynes, MK11 3LW, UK
UKHW020155200726
13856UKWH00003B/1014